Iris Wolff

Die Unschärfe der Welt

Klett-Cotta

MIX
Papier aus verantwortungsvollen Quellen
FSC® C083411

Das vorliegende Werk wurde durch ein Stipendium des Förderkreises deutscher Schriftsteller in Baden-Württemberg gefördert.

Das dem Text vorangestellte Gedicht von Richard Wagner wird mit freundlicher Genehmigung des Aufbau Verlages abgedruckt. Richard Wagner: »Gold. Gedichte«, Berlin 2017.

Klett-Cotta
www.klett-cotta.de

Printed in Germany
Cover: Favoritbüro München
unter Verwendung © Florilegius / Bridgeman Images
Gesetzt von Dörlemann Satz, Lemförde
Gedruckt und gebunden von CPI – Clausen & Bosse, Leck
ISBN 978-3-608-98326-5

Siebte Auflage, 2020

Für Andreas

Ich sah
den Stein schmelzen
und die Liebe gehen

ruft der Vogel
aus dem Baum

Wir sagen:
Er singt

– *Richard Wagner* –

Zăpadă

Lass mir das Kind.

Florentine dachte diesen Satz nicht, sie sprach ihn nicht aus. Sie überließ sich ihm. Er hatte sich ihr eingeschrieben, begleitete sie. Zunächst auf dem Pferdewagen, dann im Zug nach Arad, wo sie am Bahnhof ein Taxi zum Krankenhaus nahm. Lass mir das Kind, bitte. Der Satz tönte im Schnee, flog auf wie die Flocken am Straßenrand, rollte mit ihr auf den Schienen dahin, monoton, stoßweise. Ein dünnes, hohes Pfeifen klang wie eine Mahnung darin an. Im Taxi wurde der Satz knotig und fest, er saß ihr in der Speiseröhre, er saß ihr im Magen, in den Fäusten, im Mund. Lass, bitte.

Es schneite seit einer Woche. Zuerst kleine, unschuldig anmutende Flocken, die den Hof sprenkelten wie den Rücken eines Tieres. Sie bedeckten die Dächer der Häuser, nur am Kirchturm rutschten sie zunächst ab. Jede Flocke ein wie im Überfluss entworfenes Einzelstück, ausgeschickt, damit alles verschwand: umliegende Dörfer, Äcker, die Hügel am Horizont, schließlich der Horizont selbst. Hannes hatte aufgegeben, den Schnee im Hof zu schippen, sich darauf beschränkt, den Zugang zur Straße und den Weg zum nächsten Haus freizuhalten. Er ging dreimal täglich hinaus und nahm in

Kauf, dass die Schneeberge zu beiden Seiten meterhoch anwuchsen.

Durch diese Hohlwege hatte er Florentine am Vormittag begleitet, aus dem Hof, über die Straße, an der Kirche vorbei. Ein einzelner Wagen stand an der Hauptstraße. Auf dem Kutschbock ein Mann in Pelzmantel und -mütze, eingesunken, als würde er schlafen. Florentine und Hannes tauschten einen Blick. Sie nickte. Als sie sich ihm näherten, richtete sich der Mann auf. Er stieg auf die Ladefläche, öffnete mehrere Holzfässer und pries, was sich darin befand. In einem Fass zeigten die Fischleiber alle in eine Richtung, die Bäuche silbrig, die Rücken grauschwarz, als wären sie ein Schwarm im Meer, bereit, in jedem Augenblick die Richtung zu wechseln. In einem anderen Fass waren sie sternförmig ausgerichtet, der Schwanz zur Mitte, der Kopf nach außen, Dutzende von Köpfen, Kiemen, Augen.

Hannes sagte, worum es ging, steckte dem Mann Geld zu, kaufte ihm schließlich sogar Fisch ab, damit er losfuhr. Der Fisch sollte im Müll landen. Florentine würde nach dieser Fahrt nie wieder gesalzenen Hering essen.

Der Mann gab dem Pferd die Peitsche. Hannes ging einige Schritte mit, als wollte er dem Wagen folgen. Florentine blickte zurück, bis er nach einer Wegbiegung nicht mehr zu sehen war. Kurz darauf war auch das Dorf verschwunden. Die Schlittenkufen glitten über den Schnee, das Geschirr knarrte, ein Glöckchen klingelte, hell, unablässig, und wenn sie ihren Unterleib berührte, meinte Florentine einen Ton zu hören, als bräche Glas entzwei. Jede Wegbiegung war eine Wiederkehr der vorangegangenen, jede Baumgruppe eine Wiederholung der anderen. Es gab keine Farben, keine festen Umrisse, nur das Dahingleiten des Wagens, den hellen Glockenton und den Geruch von gesalzenem Fisch. Auf offener Landstraße, wo weder Bäume noch Häuser den Wind bremsten, sah sie vor sich, wie der Schlitten vom Weg abkam. Fässer und Fische kippten, eine große Hand streute sie gleichgültig über den Schnee aus – ein grauschwarzes Muster im fortgesetzten Weiß.

Der Kutscher schwieg. Florentine bemerkte, dass er sie von der Seite musterte, längst zur Kenntnis genommen hatte, wie sie die Hände vor dem Bauch kreuzte und sich abstützte, wenn sie über holprige Stellen fuhren. Er lenkte das Pferd mitten auf die Straße, drosselte das Tempo in den Kurven – er hatte verstanden, worum es ging. Seine Augen zwischen Mantel und Fellmütze waren das Einzige, was sie sehen konnte. Weder sein Alter war zu bestimmen, noch ob sein Gesicht schön war oder ob es etwas von der Grobheit seiner Hände hatte. Florentine war ihm dankbar. Er kannte sich auf den Straßen aus, konnte sich an spärlichen Markierungen orientieren, an Sträuchern und Bäumen, die für sie bedeutungslos waren. Er wusste, an welchem Baum er abbiegen musste, wich aus, wenn sich Hindernisse andeuteten, die sie viel zu spät wahrnahm. Wahrscheinlich war er seit Jahren auf diesen Straßen unterwegs, sommers wie winters, mit gesalzenem Fisch, der ihm und seiner Familie den Lebensunterhalt sicherte.

Ausgerechnet ein Rumäne, würde ihr Vater sagen. Aber in diesem Augenblick war ihr der Mann näher als jeder andere Mensch.

Der Schnee hatte eine Helligkeit ausgesetzt, die Florentine über die Zeit schreckhaft gemacht, sie in den letzten Tagen unruhig von einem Zimmer des Hauses ins andere getrieben hatte – Zimmer, die ihr noch nicht vertraut waren. Es war, als beobachteten sie die Räume, als würden ihnen selbst geflüsterte Worte und kleine Gesten nicht entgehen, als hätte sich das Haus längst ein Bild von ihnen gemacht: eine Frau mit sommersprossiger Haut, dünn, fast schlaksig, in Schlaghosen und besticktem Leibchen. Ein Mann mit dunklem Vollbart und halblangen Haaren, der Fußball und Gitarre spielte und an die westliche Außengrenze des Landes entsandt worden war, um seine erste Pfarrstelle anzutreten. Ein Paar Mitte zwanzig, das die Abende beim Kartenspiel verbrachte. Das dem Haus mit seinen vielen Zimmern, dem Garten mit den Weinstöcken, Quitten-, Pfirsich- und Birnbäumen prüfend begegnete, ebenso wie die Dorfbewohner ihnen. Florentine war in der Stadt aufgewachsen und hatte nicht gewusst, was ein Leben auf dem Land mit sich brachte, was es ihr abverlangen würde – aber sie wollte alles daran setzen, dass dieses Experiment gelang.

Am gestrigen Nachmittag waren Jugendliche des Christkindspiels von Haus zu Haus gegangen. Alles geschah lautlos. Seit der Schnee fiel, gab es kein sich öffnendes oder schließendes Hoftor, Türenschlagen, Kinderschreien, keine Rufe über Höfe hinweg. Der Schnee hatte die Geräusche in die Häuser verbannt, selbst das Bellen der Hunde war abhandengekommen, das sich mehrmals am Tag, und jede einzelne Nacht, von einem Hund ausgehend fortsetzte, bis das Heulen das ganze Dorf erfasste. Es hörte immer von einem auf den anderen Augenblick auf, setzte eine Stille aus, die tiefer war als zuvor. Wenn Florentine etwas hätte benennen sollen, das ihr neues Leben ausmachte, so wäre es diese Stille.

Florentine hatte den Weg der Jugendlichen vom Küchenfenster aus verfolgt. Sechs in weiße Gewänder gehüllte Gestalten, zwischen den Schneebergen fast nicht zu bestimmen: Josef, Maria mit Brautschmuck, zwei Engel mit Zepter und Schwert, Ochs und Esel mit fratzenhaften Gesichtern und langen Hörnern. Als der zweite Engel Maria in den Flur des Pfarrhauses rief, hatte Florentine etwas Heißes zwischen ihren Beinen gespürt. Sie zog im Bad die Hose hinunter, Blut tropfte über ihre Schenkel auf den Kachelboden. Die Hebamme gab ihr ein blutstillendes Mittel. Als die Blutung am Morgen wiederkam, war Florentine kurzentschlossen aufgebrochen. Sie wollte ins Krankenhaus, auch wenn das Dorf durch den Schneefall vom Zugverkehr abgeschnitten war.

Auf der Fahrt zur Bahnstation dachte sie an das, was Hannes im heutigen Weihnachtsgottesdienst sagen würde: Unbesiegbar sei, wer nicht gewinnen wolle, seinen Willen dem Gottes anheim gab. Florentine war an diesem Tag nicht unbesiegbar. Sie kreuzte die Arme vor dem Bauch, presste die Oberschenkel zusammen und schloss die Augen. Aber sie fand keine Dunkelheit, nur anhaltendes Weiß.

Der Fischverkäufer wartete, bis der Zug kam. Erst später fiel ihr auf, dass sie den ganzen Weg kein Wort miteinander gewechselt hatten. Als der Zug sich in Bewegung setzte, wischte sie ein Guckloch in die beschlagene Fensterscheibe. Er stand am Bahngleis, die Hände in den Manteltaschen, das Gesicht von Mütze und Kragen verhüllt. Sie nickte ihm zu und glaubte, dass auch er nickte, vielleicht aber auch nur die Hand hob; sie konnte sich, schon als der Zug den Bahnhof hinter sich gelassen hatte, nicht mehr daran erinnern.

Auch jemand, dachte sie, der der einzige Mensch auf der Welt für einen gewesen war, kann verschwinden, als hätte es ihn nie gegeben.

Florentine konnte den Arzt am Fußende des Bettes zwischen den Klagen, dem Bitten und Weinen der anderen Frauen kaum verstehen.

Hatte er tatsächlich gefragt, was sie genommen hatte?

Der Arzt hatte einen kahlen Kopf und sehnige Hände, die er nur aus den Kitteltaschen zog, um sich die Nase zu putzen. Untersucht hatte sie bislang niemand.

»Nichts, ich habe *nichts* genommen. Ich bin hier, damit Sie das Kind retten.«

Florentine machte Anstalten aufzustehen. Eine Schwester, die neben ihrem Bett stand, drückte sie wieder zurück. Dann bequemte sich der Arzt, sie abzutasten. Er legte den Kopf auf ihren Bauch. Sie spürte sein großes, kaltes Ohr. Irgendetwas wurde gesagt, notiert, sie konnte es nicht verstehen. Der Arzt ging, ohne die anderen Frauen zu beachten. Die Schwester reichte ihr eine bläuliche Pille. Florentine betrachtete sie misstrauisch, schluckte sie. Dann, endlich, Dunkelheit.

Als sie erwachte, war vor den Fenstern Nacht. Sie legte ihre Hände auf den Bauch, wie sie es die letzten sechs Monate getan hatte, flach, die Finger gespreizt. Wie merkwürdig es auch klang, sie sah das Kind, konnte seine Umrisse spüren. Nach ihren inneren Vermessungen war sie beruhigt. Sie setzte die Füße auf den Boden und stand, da sie ihre Schuhe nicht fand, widerwillig barfuß auf. Im Nebenbett lag ein Mädchen, kaum älter als fünfzehn Jahre; eine Siebenbürgerin, wie am Nachthemd zu erkennen war. Sie hatte die Augen zur Decke gerichtet, rührte sich nicht. Neben ihr lag eine Rumänin, murmelte etwas vor sich hin, das wie ein Gedicht klang, vielleicht auch ein Gebet. Eine Frau, eigentlich zu alt für eine Schwangerschaft, saß auf der Bettkante, hielt sich den Bauch und schaukelte vor und zurück. Jemand weinte, andere unterhielten sich. Dann spürte sie ein warmes, warnendes Prickeln im Nacken. Eine Frau fixierte sie vom Fenster her, als wollte sie sagen: Hör auf, die anderen anzustarren. Florentine spürte, wie etwas in ihr wegsackte. Die Luft war stickig. Das Stimmengewirr wurde leiser, verklang fast und setzte sich doch immer weiter fort. Ihr kam der Gedanke, dass sie vorsätzlich alle in einem Zimmer untergebracht worden waren. Es entband die Ärzte davon, sie als einzelne Menschen zu sehen, und es war leichter, vom Fußende des Bettes zu urteilen und zu richten.

Sie ging den hell erleuchteten Gang entlang. Niemand war zu sehen. Schließlich fand sie etwas, das sie für eine Toilette hielt. Sie trat ein, lehnte sich an die Tür und schloss die Augen. Dann nahm sie den Gestank wahr. Es gab keine Toilettenschüsseln, nur zwei Löcher im Boden. Der fest gefügte Raum löste sich auf, als sie bemerkte, was auf dem Fußboden lag, wie unachtsam mit einem Eimer ausgeschüttet und mit dem Besen in die Aborte gekehrt. Sie sah die kleinen Arme, die winzigen Hände, noch ganz nah am Körper, die gekrümmten Wirbelsäulen, die reptilienartigen Köpfe mit den zarten geschlossenen Augenlidern, die rosa Haut, die blauen Flecken, das Blut. Florentine konnte sich gerade noch seitlich über eines der Waschbecken beugen und übergab sich.

Eine ungewollte Schwangerschaft beendete man, indem man vom Tisch sprang, schwer trug oder jemanden bat, einem in den Bauch zu schlagen. Die Engelmacherinnen im Dorf rieten zu Salbei, Arnika, Rosmarin, Petersilie, Beifuß oder Angelica in hoher Dosis. Wenn alles nichts half, dann verabreichte man sich gering konzentrierte Blausäure oder versuchte es mit Stricknadeln. Frauen, die solche Maßnahmen ergriffen, nahmen das Risiko in Kauf, unfruchtbar zu werden.

Oder es konnte ihnen ergehen wie Nika.

Sie hatten einander im Rathaus kennengelernt, wo sie, in eine Schlange eingereiht, darauf warteten, zu jemandem vorgelassen zu werden. Nika mutmaßte, dass das Schlangestehen von der Regierung als Leibesübung gedacht war und sie somit von weiteren sportlichen Aktivitäten entband. Die dadurch gewonnene Zeit sollte ihrer Meinung nach beim Kaffee verbracht werden. Oder bei einem Glas Vişinată – noch besser, beidem.

Nika war die erste Freundin, die Florentine im Dorf hatte. Mehrmals in der Woche trafen sie sich zu Kaffee und Sauerkirschlikör. Meist in Nikas Küche, wo das Radio plärrte, eines der drei Kinder spielte und immer ein Kuchen im Rohr oder eine Suppe auf dem Herd stand. Hannes erkannte am Geruch, wo Florentine gewesen war. Eine Mischung aus Küchenaromen, Kaffee und Zigarettenrauch.

Nika, eine Zigarette zwischen den Fingern, der dünne aufsteigende Rauchfaden durcheinandergewirbelt durch die Bewegungen ihrer Hände, die das, was sie sagte, unterstrichen, kommentierten, infrage stellten – war das erste Bild, das auftauchte, wenn Florentine an ihre Freundin dachte. Dann die hellgrünen Augen (ein Ausdruck zwischen Erwartung und Übermut), die Schnelligkeit ihres Verstandes, ihre Ironie und Lust zu lachen, was gleichzeitig ihre Melancholie offenbarte. Ein Erbe der Familie, wie sie sagte. Nika war in der Bukowina geboren worden, in einem Dorf, wo sich ihre erste Liebe mit achtzehn Jahren das Leben genommen hatte. Nur nicht Dichter werden, riet sie ihren Söhnen. Die sterben jung, und sagen, was sie denken, dürfen sie nicht; ob auf dieser oder der anderen Seite der Wälder.

Florentine und Nika wurden beide im Sommer schwanger. Doch Nika wollte kein weiteres Kind. Sie spritzte sich ein Mittel, das man Kühen verabreichte, und starb innerhalb von drei Tagen unter Krämpfen. Im Krankenhaus weigerte man sich, sie zu behandeln. In der Volksrepublik Rumänien gab es keine Abtreibungen.

Der Arzt mit dem kalten Ohr entließ Florentine zum Ende der Woche. Die Zwischenblutungen hatten aufgehört, und weiter konnte man nichts für sie tun. Sie meinte, an seinem Verhalten zu erkennen, dass er ihr noch immer unterstellte, etwas gegen ihre Schwangerschaft unternommen zu haben, sagte aber nichts. Sie war froh, dass sie nach Hause durfte. Aus dem überfüllten Zimmer fortkommen, im eigenen Bett schlafen, ein Bad nehmen, bei Hannes sein – der versucht hatte, sie zu besuchen, jedoch nicht vorgelassen worden war, was Mariana mitbekommen hatte, die alles mitbekam. Florentine war oft zum Bett der Zigeunerin gegangen, sie hatten das Fenster einen Spalt geöffnet und dem Schneetreiben auf der Straße zugesehen.

Mariana trug einen weiten, bodenlangen Hausmantel und ließ die Beine baumeln wie jemand, der auf einer Mauer saß. Sie erwartete ihr viertes Kind und war seit Wochen im Krankenhaus. Das Bett am Fenster wurde schließlich keinen Neulingen zugeteilt. Sie wusste, wie man eine größere Portion Essen erhielt, was man tun musste, damit die Hausschuhe nach dem Putzen nicht verschwanden, und sie zeigte ihr ein Stockwerk tiefer Toiletten, die die Schwestern benutzten.

»Woher weißt du all diese Dinge?«, hatte sich Florentine erkundigt.

»Indem ich nicht danach frage.«

»Wenn dein Sohn kommt«, riet Mariana zum Abschied, »lauf Treppen. Lass dich von diesen Teufeln nicht ans Bett binden.«

Florentine war kaum überrascht, als die Zigeunerin von einem Sohn sprach. Ihre inneren Vermessungen hatten sie zu demselben Ergebnis geführt. Im Zug legte sie die Hände auf den Bauch, flach, die Finger gespreizt, und konzentrierte sich auf die Umrisse des Jungen. Nach einer Weile bemerkte sie, dass sie in die falsche Richtung fuhr. Sie stieg an der nächsten Station aus und fand sich auf einem verlassenen Perron wieder. Wann der nächste Zug kommen würde, war nicht auszumachen. Die Bahnhöfe im Banat waren so eingerichtet, als gäbe es keine Notwendigkeit, irgendwo anzukommen.

Es hatte aufgehört zu schneien. Der Himmel war wässrig blau, Krähen spannten Bögen übers Feld. Und während Florentine Eiszapfen von einer Überdachung brach und an den Mund führte, verwandelte sich alles.

Das Blau tief, die Bögen fort.

Sie setzte sich auf einen Stein und wartete auf einen Zug, der sie wieder zurück nach Arad brachte.

Florentine befolgte Marianas Rat. Sie lief im März wie besessen treppauf und treppab, eine Hand auf dem Geländer, die andere auf dem Bauch. Die Schwestern versuchten, sie zurück ins Bett zu bringen, doch Florentine widersetzte sich, stieg ein Stockwerk hinunter, dann hinauf, hinunter und wieder hinauf. Irgendwann wusste sie, es war genug. Sie legte sich im Kreißsaal auf das Entbindungsbett und sagte, es gehe jetzt los. Die Geburt dauerte weniger als zwei Stunden. Ein Arzt kam erst, als man den Kopf des Kindes sah.

Hannes wartete vor dem Krankenhaus. Besuch war nicht erlaubt, nicht einmal zur Geburt, nicht einmal dem eigenen Mann. Trotz der ersten Anzeichen des Frühlings war es kalt, an manchen Stellen lag noch Schnee. Der Winter hielt sich daran fest, uneinsichtig, widerspenstig.

Das Kind wurde in ein Tuch gewickelt und Florentine auf die Brust gelegt. Sie konnte seinen Herzschlag spüren. Es schrie kurz, wurde dann ganz ruhig, und neben Florentines Erschöpfung, dem allumfassenden Hochgefühl und Stolz, stellte sich ein unerwarteter Ernst ein. Dieser Junge ist es nun, und kein anderes Kind.

Die Schwestern versammelten sich vor dem Fenster.

»Da steht ein Mann auf einem Autodach.«

Florentine lächelte.

»Sagt ihm, es ist ein Junge und er hat kleine Ohren.«

Die Birnbäume trugen kleine, harte Früchte. Die Quitten waren reif.

Es kam Florentine undankbar vor, nicht jede einzelne Gabe des Gartens zu essen, zu Marmelade einzukochen oder auf dem Aufboden zu trocknen. In den ersten Jahren hatte sie versucht, alles allein zu bewältigen (bis ihr die Beeren Hände und Träume rot einfärbten), inzwischen halfen ihre Nachbarinnen. Sie hatten eine Art, bei der Arbeit innezuhalten, die Hände an den Kitteln abzuwischen, Handflächen, dann Handrücken, mit leicht geneigtem Oberkörper; als brauchte es diese durch die leichte Neigung gewonnenen Zentimeter, um eine Botschaft zu übermitteln, die sonst verloren gehen würde. Vom Wind fortgenommen, in die Baumkronen gesetzt.

Ihr Schweigen musste wirken, als hielte sie sich für etwas

Besseres. Florentine spürte Worten gegenüber ein nie ganz aufzulösendes Unbehagen. Die Unschärfe der Aussagen verunsicherte sie. Wie sehr sie sich auch bemühte: Sprechen reichte nicht an die Wirklichkeit der Erfahrung heran. Sie mochte es, ihren Gedanken nachzuhängen, während sie Ribisel und Himbeeren zupfte, Trauben erntete, Äpfel pflückte – zuzuhören, was die Wörter miteinander verhandelten, welche Erinnerungen sie anrührten. Sie waren in einem unbestimmten Raum angesiedelt, in dem Denken und Fühlen ineinander übergingen.

Sicher war es ihre Schuld, dass Samuel mit zweieinhalb Jahren noch nicht sprach. Florentine hatte geschwiegen, als er in ihrem Bauch heranwuchs, geschwiegen, als sie mit dem Kinderwagen übers Feld ging, den Fluss entlangspazierte. Boote auf Pfützen entsenden, in einer Hängematte übersommern, sich im Laub verstecken, getrocknete Maiskolben zu Schneegesichtern legen – ihre Spiele der Stille. Samuel zeigte, wenn ihm etwas gefiel; er ließ keinen Zweifel zu, wenn er etwas nicht mochte, sprach mit seinem Lachen, seinen Augen, aber noch war kein Wort über seine Lippen gekommen, nichts, das wie Mama oder Papa klang oder was Kinder sonst als Erstes sagten.

»Du musst es ihm vormachen«, rieten die Leute.

Sie beugten sich zu dem Jungen, formten einzelne Worte, überdeutlich, und zeigten dabei auf Gegenstände.

»Ball«, sagten sie, mit im Mundraum gewölbter Zunge.

»Mama«, sagten sie und wiesen auf Florentine, die unter dem langgezogenen Doppellaut erstarrte. Samuel sah auf Münder, Bälle, seine Mutter, seinen Vater und blieb still.

Hannes wurde unruhig.

Florentine konnte warten.

Sie schwieg neben den schwatzenden Nachbarinnen, konzentrierte sich auf das Rascheln der Schritte im Laub, das Pochen eines Spechts. Quitten kamen in Weidenkörbe, Birnen in Weidlinge, Pflaumen in Schalen aus Emaille. Die tief stehende Sonne rötete Himmel und Ziegeldächer. Der Garten lag im Schatten. Ein sachter Wind kühlte den Nacken, fing ab und an ein Wort auf.

Irgendwann hielt ihr eine der Frauen die Hände hin.

Florentine betrachtete sie, dann ihre eigenen.

»Du bist die Einzige, die rote Hände hat.«

Am Nachmittag kam Hannes in Begleitung zweier Männer in die Küche. Florentines Überraschung hielt sich in Grenzen. Es war üblich, dass Reisende im Pfarrhaus um ein Nachtlager baten. Sie musterte die beiden. Sie konnten nicht älter als zwanzig sein, trugen abgewetzte Hosen und Schuhe, die verrieten, dass sie zu Fuß unterwegs waren. Der eine setzte seinen Rucksack ab und reichte ihr die Hand.

»Ich bin Benedikt, nenn mich Bene.«

»Florentine – ohne Abkürzung.«

»Kann ich helfen?«, fragte er, wusch sich die Hände und begann mit überraschender Geschicklichkeit, Kartoffeln zu schälen.

Florentine erfuhr, dass die beiden angehende Lehrer waren. Sie kamen aus der DDR und wollten per Autostopp zum Schwarzen Meer. Bene hatte schwarze Haare, helle Haut und Grübchen, die Florentine leutselig und zugleich verwegen fand. Seine Hände waren schön, mit langen, schmalen Fingern, die routiniert Zwiebeln und Knoblauch schnitten, Petersilienwurzeln und Sellerie stückelten, während er fragte und erzählte.

Was für ein beeindruckendes Pfarrhaus das sei, mit dem Hoftor, der alles umschließenden Mauer, den vielen Zimmern und hohen Decken. Und erst der Garten. Ob Florentine ihn alleine bewirtschafte? Wie denn der Hund heiße? Schopenhauer? Florentine verneinte, es sei nicht ihr Einfall gewesen, sie hätten ihn von dem vorherigen Pfarrer geerbt. Schopenhauer hätte einen Umzug nicht überlebt. Er sei alt, sehr alt, er würde nicht einmal bellen, wenn das Haus abbrannte.

Bene lachte, und Florentine war, ohne sich dessen bewusst zu sein, während des Kochens in eine angenehme Unterhaltung mit ihm geraten. Beim Abendessen kam sie dazu, sich den Mann näher anzuschauen, der sich als Lothar vorgestellt hatte. Er hatte dunkle Augen und eine markante Nase, die nicht recht zum Gesicht passte, da es sonst nur aus weichen Linien bestand. Seine Stimme war rau, eine unauslotbare Tiefe klang darin an. Er überlegte, bevor er etwas sagte, was womöglich keine Unsicherheit war, sondern dem Wunsch entsprang, das, was er meinte, genau zu treffen. Bene hingegen redete ohne nachzudenken, hatte einen sprunghaften Intellekt, durchsetzt von kindlichem Übermut. Kein Wunder, dass Samuel sofort Freundschaft mit ihm schloss. Er wollte während des Essens neben ihm sitzen, und Bene musste ihn mit Florentine zu Bett bringen.

Er las ihm eine Geschichte vor, etwas mit einem Zauberer und einem Mädchen; Florentine lag auf der Seite des Bettes, die zur Wand zeigte, zog die Locken des Jungen mit Daumen und Zeigefinger nach und atmete den Geruch seines Haares ein. Bene spielte die Szenen weder nach noch veränderte er bei wechselnden Charakteren seine Stimme. Die Geschichte wurde zu einem ruhigen Fluss, der, auch wenn man zunächst nur zaghaft die Hand hineingehalten hatte, alles mit sich fort trug. Florentine stieg in diesen Fluss, Samuel war schon halb von ihm in den Schlaf mitgenommen worden, da bemerkte sie, dass Bene ebenfalls angefangen hatte, Samuel zu streicheln, dessen Fuß unter der Decke hervorlugte. Er strich über die Zehen, die glatte Haut der Ferse, die Waden, die etwas von der Zeit bewahrt hatten, da Samuel ein Säugling gewesen war. Etwas blieb immer erhalten, erlaubte einen langsamen Abschied. Die Weichheit, die Glätte, das Zartgliedrige, Florentine nahm wahr, dass Bene diese Empfindungen nicht suchte, er nahm sie beiläufig auf, während er vorlas.

Als er das Buch zur Seite legte, hörten sie beide auf dieses Zeichen hin auf, das Kind zu berühren.

Jeden Morgen, solange der Junge noch schlief, saß Florentine auf den Treppen, die in den Hinterhof führten. Hannes konnte bis nach Mitternacht über einem Text oder Buch brüten. Sie konnte nicht früh genug ins Bett gehen. Wenn sie das Licht löschte, spürte sie eine kaum näher zu begründende Vorfreude auf den Augenblick des Aufwachens.

Früher war das Erste, was Florentine am Morgen in den Sinn gekommen war, ein allumfassendes »Nein« gewesen. Ein Nein gegen das Klopfen des Vaters an ihrer Tür, gegen die unters Bett gerutschten Hausschuhe, die Kälte des Badezimmers. Ein Nein gegen das Geschirr in der Spüle, das Marmeladenglas, das nicht aufging, den Hosensaum, der sich gelöst hatte – die große, immerwährende Verschwörung der Dinge. Hier war das, was getan werden musste, nicht weniger geworden. Fünf Zimmer, dazu Küche, Dachboden und Weinkeller. Ein Garten, Hühner, Katzen, ein altersschwacher Hund. Und doch gab es kein Nein. Das Haus hatte mehr Zimmerfluchten als sie Ausreden, mehr Fenster, als sie den Blick verschließen konnte. Sie hatte sich gewünscht, frei von Verantwortung zu sein. Aber vielleicht war ein Leben ohne Verpflichtung das Gegenteil von Glück.

Im Internat hatte es kein Wochenende ohne Partys gegeben. Den Unterricht brachte man hinter sich, nachmittags verdiente man sich etwas dazu, half in einer Konditorei aus, bügelte Hemden. Von Freitag bis Sonntag wurden die Nächte durchgemacht. Florentine wollte immer zu den Letzten gehören. Zuletzt wurde am hemmungslosesten getanzt, war klar, wer mit wem nach Hause ging, spielte es keine Rolle, wer bezahlte, gab es jene Aktionen, von denen noch lange erzählt wurde: im Fluss schwimmen, zitternd vor Kälte; die Schlüssel des Hausmeisters stehlen und vom Dach etwas in die Nacht rufen.

Ihr Lieblingsgetränk war Bloody Mary, Tomatensaft mit Wodka, Pfeffer und Salz. Dazu Kent, Nationale rauchte sie nur, wenn sie wenig Geld hatte. Bei einem seiner Besuche entdeckte ihr Vater den überquellenden Aschenbecher auf dem Fenstersims. Dem Wind war die Aufgabe zugedacht, ihn zu leeren. Meist holte Florentine am Morgen einen ausgeräumten Aschenbecher vom Fenster herein.

Die Ohrfeige ihres Vaters traf sie ohne Vorwarnung.

Ganz offensichtlich war es nächtens windstill gewesen.

Florentines Kopf blieb abgewendet, die Hand des Vaters halb ausgestreckt, als wollte er sie nicht wieder an sich nehmen. Das ist das letzte Mal, dass du mich geschlagen hast, beschloss Florentine. Sie war es leid, für seine Launen herzuhalten, seit ihre Mutter fort war. Er war in Russland gewesen, zuerst im Krieg, dann in Gefangenschaft. Lange hatte ihre Mutter versucht, an ihr vormaliges Leben anzuknüpfen, dann war sie gegangen, wie jemand, der einkaufen geht, einen Freund besucht – ohne viel Gepäck, ohne viele Worte. Florentine wusste, sie hatte es versucht. Aber vielleicht hätte sie es länger versuchen, ihre Duldsamkeit ablegen, Grenzen setzen müssen; für die kleinen Kränkungen und die großen, unverzeihlichen.

Nach einem halben Jahr fragte Hannes, ob sie ihn heiraten und ins Banat übersiedeln wolle. Er lud sie ins Kaffeehaus ein. Als sie die Blumen unter dem Tisch sah, wusste sie Bescheid.

Florentine saß auf den Treppen zum Hinterhof mit der Umsicht eines stillen Gastes. Ihr früherer Widerstand hatte dazu geführt, dass sie sich etwas vorenthielt, etwas, das ihr jetzt, Morgen für Morgen, geschenkt wurde und das sie unter keinen Umständen verpassen wollte. Das Geheimnis war, immer zur selben Stunde im Hof aufzutauchen, bis man dazugehörte und sich das, was sich im Verborgenen vollzog, nicht mehr versteckte. Heute war zum ersten Mal eine klamme Feuchtigkeit auf den Treppen, ein dunkles Lila zwischen das Laub gestreut. Der Herbst setzte Weite zwischen die Häuser, rückte sie voneinander ab. Etwas nahm den Raum dazwischen ein, und Florentine war vollauf damit beschäftigt herauszufinden, was es war.

Bene und Lothar schliefen. Florentine richtete das Frühstück. Die letzten Tomaten aus dem Garten, Telemea, Brot, Pflaumenmarmelade und Akazienhonig, dazu Kaffee, im Topf gekocht. Sie bügelte das Beffchen auf, bürstete den Talar, kleidete sich und Samuel an.

Der Mesner begrüßte sie am Seiteneingang. Die Kirche war kühl und dämmrig, obwohl Kerzen brannten. Florentine legte den Kopf in den Nacken und betrachtete die Sterne, mit denen die Decke des Kirchenraums ausgemalt war. Schlichte, schwarze, regelmäßig übers Weiß gestreute Sterne. Die Glocken läuteten, die Kirche füllte sich, Frauen auf einer, Männer auf der anderen Seite. Samuel war bei der Organistin auf der Empore und nur schwer davon zu überzeugen, mit Florentine mitzugehen, als die ersten Orgeltöne angespielt wurden.

Der Mann, der die Treppe zur Kanzel hinaufstieg, war ein anderer als jener, mit dem sie das Bett teilte, die Mahlzeiten einnahm, stritt, lachte und diskutierte. Er war befähigt, Gottes Segen zu erteilen, und es gab kaum einen Kirchgang, bei dem Florentine nicht über diesen Unterschied nachdachte. Seine Stimme war anders, seine Haltung. Seine Worte waren nachdrücklich, seine Gesten ruhig, und sie bewunderte die Selbstverständlichkeit, mit der er diese Rolle einnahm. Während der Predigt ging ihr Blick erneut zum Sternenhimmel. Sie hatte eine Weile gebraucht, um sein Geheimnis zu verstehen. Er setzte sich aus drei Formen zusammen: vierzackige, sechszackige und runde, wie kleine Sonnen. Sie waren mit einer Regelmäßigkeit ausgestreut, die ihr beispiellos vorkam. Jeder Stern fand seinen Platz, hielt Abstand und schien doch die Nähe der anderen zu brauchen. Samuel sah ebenfalls hinauf. Ihre Hände lagen nah beieinander.

Als der Gottesdienst zu Ende war, verabschiedete sie mit Hannes die Besucher. Unter den Kastanien verblieben Gruppen im Gespräch – der Kirchgang war so eingerichtet, dass man, wie nebenbei, alles über die anderen erfuhr. Es war allgemein bekannt, dass Samuel nicht sprechen konnte, dass Hannes gerne Fußball spielte (manch einer mutmaßte, er sei nur Pfarrer geworden, weil sein Traum, Fußballprofi zu werden, sich nicht erfüllt hatte). Es war bekannt, welche Kuh wann kalbte, wer um wen warb, wer zu Untreue neigte und wahrscheinlich auch, wann und wie oft die Dorfbewohner einander liebten.

Bis sie wieder zu Hause waren, war es fast Mittag. Schopenhauer schlief zwischen Hoftor und Eingangstür. Lang ausgestreckt, als hätte er sich mitten auf dem Weg einer großen Müdigkeit überlassen. Der Küchentisch war abgeräumt, das Geschirr gespült. Florentine klopfte an die Tür neben Hannes' Arbeitszimmer. Ohne darüber nachzudenken, ging sie hinein. Sie hob einen Rom-Reiseführer auf, blätterte ihn flüchtig durch, sah sich dabei im Zimmer um – halbvolle Wassergläser, Handtücher und ein Sonnenhut auf dem Bett –, es kam ihr vor, als müsste sie sich alles einprägen, als bestünde die Gefahr, dass sie etwas übersehen konnte, als wäre das, wonach sie suchte (aber sie suchte doch nichts?), abseitig, verborgen. Es war das Gästezimmer, wie sie es kannte: Doppelbett, Tisch, Stühle, ein Hocker, der als Nachttisch diente, eine Kugellampe, ein Schrank mit Glaseinsätzen, grün schimmernd, in denen sich ihr Gesicht spiegelte. Sie legte das Buch zurück und bemerkte erst jetzt, dass etwas eingelegt war. Zwischen Trevibrunnen und Piazza Navona steckte ein Weinblatt. Samuel hatte Bene aus jedem Winkel des Gartens etwas überreicht, Zweige, Blumen, Nüsse, ein Weinblatt, und Florentine hatte Bene zu verstehen gegeben, er könne die Geschenke unauffällig verschwinden lassen.

Sie fand die beiden Männer auf einer Decke am Brunnen.

Benes Kopf ruhte auf Lothars Oberschenkeln.

Florentine fühlte sich wie ein Eindringling und rief etwas unbeholfen aus einiger Entfernung zu Tisch.

Nach dem Essen schlief Hannes mit Samuel auf dem Sofa ein. Bene und Lothar waren im Garten, sie hatten versprochen, Pflaumen aufzusammeln. Florentine fing an, die Kammer aufzuräumen, doch dann überlegte sie es sich anders. Sie packte Kuchen und ein Dutzend Birnen ein, nahm den blauen Mantel von der Garderobe.

Das Haus lag am Ortsausgang.

Wie immer, wenn sie diesen Weg nahm, war es, als begleitete sie ein heller Glockenton. Die Farben verblassten, ein salziger Geruch kam von den Feldern, und wenn sie die Augen schloss, sah sie silbrig-schwarze Fische im Schnee.

Paul öffnete die Tür. Seit Nikas Tod war dies sein Gesicht: ernste Augen, darunter Schatten, die nicht aufzuheben waren, nicht durch Schlaf, Sonne oder frische Luft. Sie ging an ihm vorbei, er berührte flüchtig ihren Arm – es war seine Art, sie zu begrüßen.

Mirko spielte im Wohnzimmer. Thea schlief, Oswald, der Jüngste, war im Garten. Florentine beobachtete ihn vom Fenster aus. Er drehte umständlich Äpfel in der Hand, um sie auf Würmer zu prüfen.

»Wie geht es dir?«

Der Verstand brauchte Zeit, das Herz war schnell.

Sie sah, wie es um seine Antwort stand.

Mit seinem eigenen Kummer wurde Paul fertig. Mirko ging bereits zur Schule, Thea war selbständig, aber Oswald (dieselben grünen Augen wie seine Mutter, derselbe Ausdruck von Traurigkeit und Wärme) bereitete ihm Sorgen. Keinem der Kinder war es erlaubt gewesen, zu Nika zu gehen, als sie starb. Doch Oswald hatte sich im Sterbezimmer unter dem Tisch versteckt. Er wollte seine Hände auf den Unterleib seiner Mutter legen, so wie sie es immer bei ihm gemacht hatte, wenn ihm der Bauch weh tat.

Auf dem Küchentisch lagen ein Puzzle, Zeitungen, Teller mit halb aufgegessener Suppe, über den Stuhllehnen hing Kleidung, die Küchenzeile glänzte speckig. Ansonsten hatte sich nicht viel verändert seit jenen Tagen, in denen Florentine mit Nika bei Kaffee, Likör und Zigaretten hier gesessen hatte. Nur das Radio lief nicht, es stand nicht einmal mehr auf dem Fenstersims. Es gab Dinge, die hatte Paul so belassen, und andere, die schon nach kurzer Zeit verschwunden waren, das Radio, die Pflanzen. Nikas hellrosa Morgenmantel, der nach einem Jahr noch immer an der Innentür des Badezimmers hing, hatte Florentine irgendwann eigenmächtig mitgenommen.

Oswald kam herein und zeigte seinem Vater den Korb Äpfel. Paul machte ihn darauf aufmerksam, Florentine zu begrüßen. Der Junge tat es, ohne sie anzusehen. Nur eine Frau hatte Anrecht auf diesen Raum gehabt, eine Frau mit grünen Augen und unbändigem Lachen, und möglicherweise wollte Paul deswegen alleine bleiben.

Sie begann aufzuräumen.

»Du musst nicht …«, sagte Paul.

»Ich weiß.«

Er trat an sie heran, als wollte er sie daran hindern, doch es war keine Entschlusskraft dahinter, eher der Wunsch nach Nähe.

Am Morgen saß Florentine trotz einer kurzen Nacht zu gewohnter Stunde auf den Treppen.

Es hatte sich herausgestellt, dass Bene und Lothar ebenfalls gern Karten spielten. Lothar spielte strategisch und ohne Humor. Bene hingegen nutzte jede Gelegenheit, den anderen in die Karten zu sehen (ein unauffälliger Gang zur Spüle, ein vorgetäuschter Hustenanfall), und brachte damit Florentine und sich auf den vordersten Punktestand, was Hannes ob der unlauteren Mittel ärgerte, Florentine hingegen, die sich nicht viel aus Gewinnen machte, amüsierte.

Bene stellte wieder Frieden her, indem er Hannes eine Kassette mit dem letzten Album der Beatles schenkte, es war in doppeltem Sinn das letzte, die Band hatte sich inzwischen aufgelöst. Hannes nahm die Kassettenhülle entgegen, sprachlos, ungläubig, auf der handschriftlich der Bandname aufgemalt war, mitsamt hohem ›B‹ und tief reichendem ›t‹. Die Sache war nur: Er besaß keinen Kassettenrecorder.

Florentine holte eingekochten Tomatensaft aus der Speisekammer und mixte ihn mit Wodka.

»Auf alte Zeiten«, sagte sie.

»Auf die Liebe«, sagte Bene.

Die Liebe war besser als die alten Zeiten, dachte sie, als sie morgens mit schwerem Kopf und trockenem Mund aufgewacht war.

Sicher würde es Gerede im Dorf geben, weil das Licht im Pfarrhaus wieder so lange gebrannt hatte. Die Leute fanden immer etwas, das sie kommentieren konnten. Zuerst echauffierten sie sich über Hannes' Bart. Als er ihn abrasierte, hatten sie sich plötzlich »an ihn gewöhnt«. Überall wurde sein nacktes Gesicht moniert, zu Fisch und Eiern geraten, das sei gesund und fördere den Haarwuchs. Das erneute Wachstum des Bartes war eine öffentliche und bald beschlossene Sache. Jesus' bartlose Erscheinung in Michelangelos Jüngstem Gericht konnte nicht mehr Aufsehen erregt, mehr Kritik geerntet haben. Hannes fügte sich. Florentine fügte sich weniger. Sie hielt an ihrer Unabhängigkeit fest. Die Zeiten waren zum Glück vorbei, in denen sie am Zustand der Hühner, die jeder Haushalt dem Pfarrer zu entrichten hatte, die Statistik ihrer Beliebtheit ablesen konnte.

Lange hatte sie sich eine Sehnsucht nach Zugehörigkeit eingeredet. Irgendwann, dachte sie, wäre sie unbemerkt vom Rand in die Mitte vorgedrungen. Sie würde sonntags in die Kirche gehen und an allen anderen Feiertagen. Kuchen backen und Hühner schlachten, die noch immer die Glöcknerin für sie köpfen musste, weil sie es nicht über sich brachte. Sie würde mit Samuel Besuche machen, statt mit ihm unterm Pfirsichbaum zu liegen oder über die Felder zu spazieren. Doch wie leicht täuschte man sich, weil das, was man glaubte und wünschte, unterdessen längst zu etwas anderem geworden war.

Es gab keine Mitte für sie, keine Zugehörigkeit, und sie fürchtete, dass sie ihr Kind zum Verbündeten gemacht hatte. Etwas würde für alle Zeit hierher zurückkommen, oder ging von hier aus – die Richtung ließ sich nicht bestimmen. Der Grad des Glücks wurde hier festgelegt, der Grad der Freiheit, die notwendig war, doch jedes Dahinterfallen (das unvermeidlich war) würde Samuel feststellen müssen.

An was würde er sich erinnern? Das kühle Blech der Schubkarre, in das sie ihn setzte, wenn sie im Garten zu tun hatte. Den Geschmack der Nova-Trauben, deren harte Schalen er in ihre Hand spuckte. Den Geruch des Geißblatts an der rückseitigen Hausmauer. Den Korridor mit den zugigen Fenstern, die Küche mit der Speisekammer, aus der sie regelmäßig Mäuse verjagten. An die Nachmittage bei Nachbarn, wo ihn jeder verwöhnte, die ihm zugemutete Disziplin in der Kirche. An die Gäste, die von Juni bis September im Pfarrhaus übernachteten, den Zungenschlag der Rumänen und Slowaken, ihr Hochdeutsch oder den Banater Dialekt – vielleicht aber wären es ganz andere Dinge, die sie nicht bemerkte, nicht sehen konnte.

Florentine saß auf den Treppen, kühlte mit einem Glas Wasser ihre Stirn und spürte ein Vorgefühl des Abschieds. Vielleicht war es auch nur Müdigkeit. Sie sah auf die Weinreben, die weiß gekalkten Blätter, auf die Pfirsich- und Quittenbäume, und stellte erneut fest, dass etwas Zuflucht nahm zwischen den Dingen. Ihr kam der Gedanke, dass es etwas war, das der Herbst mit sich brachte und verstecken musste, damit es zum Frühling wieder auffindbar war. Vielleicht die Farben, die bald verschwinden würden, oder das Licht, mitsamt der Wärme, die sie in den Sommermonaten umfasst hatten wie eine Umarmung.

Dann entdeckte sie Bene am Brunnen. Er wähnte sich alleine, streifte Shirt und Unterhose ab. Florentine wusste nicht, ob sie der Anblick beschämte oder erregte. Er hatte einen kleinen Hintern, weiß und fest, über den sich ein anderer, dunklerer Hautton schob. Lothar streichelte Bene, es war kaum mehr als eine zufällige Berührung, aus der eine größere Zärtlichkeit wurde, die Schultern, Rücken und Arme umfasste, bis sich Bene langsam, jetzt erst, umwandte, ihn zu küssen.

Lothar zog den Eimer Wasser hinauf. Sie spritzten einander an, duckten sich weg, wandten sich mit zurückgehaltener Kraft gegeneinander. Bene lachte. Sein Gesicht trug einen Ausdruck von so ungeschütztem Ausgeliefertsein, dass er kaum von Schmerz zu unterscheiden war.

Florentine wollte aufstehen und tat es nicht. Sie blieb auf der Treppe und sah zu, wie sich die beiden Männer im Morgenlicht wuschen.

Anfang November weidete eine Schafherde vor dem Dorf.

Zunächst beobachtete Samuel die Herde aus sicherer Distanz. Dann steuerte er auf einige Schafe am Rand zu. Sie ließen sich streicheln, als bemerkten sie ihn nicht einmal. Der Hund beschnupperte Samuels ausgestreckte Hand, dann ließ er ihn in Ruhe. Bald musste Florentine aufpassen, dass sie Samuel zwischen den Schafen nicht aus den Augen verlor. Nach einer Woche setzte sie sich neben den Schäfer und teilte wie selbstverständlich Brot und Käse. Glücklicherweise hatte dieser kein übermäßiges Interesse an einer Unterhaltung.

An einem Nachmittag kam Paul mit Oswald und Thea dazu.

Die Kinder liefen durch die Herde.

Florentine und Paul lehnten sich an einen Zaun, folgten der Bewegung der Schafe, ihrem selbstvergessenen Grasen.

Ab und zu sagte jemand etwas.

Es wird früh dunkel.

Oder: Es ist kalt heute.

Florentine mochte solche Sätze. Kleine Rückversicherungen, die das Schweigen rechtfertigten und hielten.

Hob sie den Blick, waren die Schafe immer anders über die Wiese verteilt. Behielt man sie im Auge, schienen sie sich überhaupt nicht zu bewegen. Ein Traktor fuhr übers Feld, Nebel dämpfte das Motorengeräusch. Von irgendwoher drang ein heller Glockenton zu ihnen. Florentine wurde von Unruhe erfasst, einer plötzlichen Furchtsamkeit. Kaum dass der Hund bellte, lief sie los.

Samuel, Oswald und Thea standen eng beisammen und starrten auf den Boden. Oswald hob etwas auf. Die Kinder lösten sich voneinander, als wäre etwas in ihre Mitte getreten.

»Peng!«, rief Oswald, die Mündung einer Pistole auf Thea gerichtet.

»Nein«, rief Paul. »Nicht!«

Die Schafe stoben auseinander.

Samuel sah kurz auf, dann warf er sich mit seinem ganzen Körper gegen den seines Freundes.

Oswald taumelte und fiel hin.

Florentine ging neben ihm auf die Knie.

Der Junge lag unbeweglich und starr auf dem Boden, eine Hand auf dem Bauch, die andere noch immer durchgestreckt, als würde er zielen. Florentine löste die Starre der Hand und hob ihn hoch; in ihren Armen wurde er ganz leicht.

Paul wollte etwas sagen, doch sie schüttelte den Kopf.

Und während Thea zu weinen begann, als hätte ihr erst die Reaktion der Erwachsenen gezeigt, dass etwas geschehen war, streichelte Samuel das Fell eines Schafs, ohne den Blick von Oswald und seiner Mutter abzuwenden.

Paul hob die Pistole auf.

Sie war geladen.

»Meinst du, das ist eine gute Idee?«, fragte Hannes, als sie am Abend die grünen Flecken aus Samuels Kleidern wusch.

»Die Schafe werden bald weg sein«, sagte Florentine, »dann suchen wir uns etwas anderes.«

»Vielleicht eine Beschäftigung, bei der das Kind sprechen lernt.«

Florentine schrubbte die Hose ein wenig heftiger.

Die Pistole erwähnte sie nicht.

Sie blieb einige Tage zu Hause, streute Laub und Kompost in die Beete, Pferde- und Rindermist über die zurückgeschnittenen Rosen, baute mit Samuel aus Holz, Reisig und Laub ein Winterquartier für Igel, schützte die Kübelpflanzen vor dem kommenden Frost.

Ein Brief von Bene traf ein.

Er erzählte in seiner klaren, leicht bauchigen Schrift von

den ersten Praxisstunden als Lehrer, beschwor die Erinnerungen an den Spätsommer. Lothar erwähnte er nur in einem Satz, aber dieser war so voller Liebe, dass deutlich wurde: Er wusste, dass sie es wussten. Aus dem geplanten Zwischenstopp waren drei Wochen geworden. Sie hatten in der Marosch gebadet, Feuerholz gespalten, bei der Ernte und der Zubereitung der Mahlzeiten geholfen. Sie hatten am Brunnen gelegen und sich zum Semesterbeginn wieder auf den Weg nach Berlin gemacht.

Ihm sei es, sagte Hannes, als wären die beiden noch immer hier, auf einer Decke im Garten, all ihre Wünsche auf dieses schmale Rechteck gebannt.

Als Florentine mit Samuel wieder aufs Feld ging, erwartete sie statt des Schäfers ein Junge. Er saß lesend auf einem Stein. Florentine mutmaßte, dass sich rumänische Literatur vor allem durch Schafhirten übers Land verbreitete. Schafe waren in Rumänien heilige Tiere. Pferde, Büffel und Rinder gab es auch viele, aber nur über Schafe existierten Lieder und Gedichte.

Der Junge hob grüßend die Hand an seine Mütze.

Das ist einer, der von etwas anderem träumt, dachte sie.

Florentine erlaubte sich selten Schlussfolgerungen, die über das hinausgingen, was sie selbst betraf. Andere hatten Meinungen, sie verfügte nur über die Summe vieler, oftmals widersprüchlicher Erfahrungen. Ob man, trotz aller Einsichten, klüger wurde, klug genug, um andere zu beurteilen, war zu bezweifeln. Etwas veränderte sich nicht, schien von Anfang an da zu sein, und Samuel, der sich zwischen den Schafen verlor, erinnerte sie jeden Tag daran.

Florentine prüfte das Grau des Horizonts. Das Dorf sah entlegen aus. Die Weiden dunkel, die Felder verwaschen. Sie hoffte, dass es noch eine Weile dauern würde, bis die Wintermonate das Leben wieder in die Zimmer verbannten, der Schnee kam, die Stürme, und sie mit Fetzen und Zeitungen Türspalten und Fenster abdichten musste.

Als sie den Jungen fragte, ob er im nächsten Jahr wieder hier sein würde, zuckte er mit den Schultern, unbestimmt, einvernehmlich.

Samuel lag ausgestreckt auf dem Boden neben einem Jungschaf.

»Wir müssen gehen.«

Da er sich nicht rührte, nahm sie ihn hoch. Eine Bewegung ging durch die Herde. Samuel und Florentine hoben den Blick.

Es gab das Grau des Himmels.

Den Fluss und die Weiden.

Die weite Ebene und die Einsamkeit.

Es gab den Rand und die Mitte.

Das Ja und das Nein.

Die Ungewissheit.

Und doch, dachte Florentine, lässt dich diese Landschaft, wie du bist.

Schneeflocken lösten sich aus dem Grau. Sie fielen lautlos auf Florentines Mantel, setzten perlende Tropfen auf Samuels Gesicht, und er sagte ein Wort, mit zwei stumpfen und einem klingenden »a«, so laut und deutlich, dass der Wind es nicht fortnehmen konnte.

»Zăpadă.«

Echo

Es gab eine Zeit, die vorwärts eilte, und eine Zeit, die rückwärts lief. Eine Zeit, die im Kreis ging, und eine, die sich nicht bewegte, nie mehr war als ein einzelner Augenblick.

In einem Buch beheimatet sein, im Fußball ein entscheidendes Tor schießen, von der Sonne einen Platz im Garten zugeteilt bekommen – das war Augenblickszeit, die Zeit, die Hannes suchte, die ihm lieber war als jene, die Stunden, Tage, Wochen aneinanderreihte, als gelte es, irgendwohin zu kommen.

Für Ruth und Severin lief die Zeit heute rückwärts. Sie dehnte sich in die Vergangenheit, so weit, dass sie zu zerreißen drohte. Ihr Sohn war in der Marosch ertrunken. Ein Baumstamm, der flussabwärts trieb, hatte ihn am Kopf getroffen. Ausgebreitete Arme, ein durchgebogener Rücken, offene Augen. Von der Mitte des Flusses sah alles anders aus: die Weiden, der Himmel, die Wolken. Dazu die Unterwassergeräusche, ein Lachen, das alles aussperrte, das Bellen eines Hundes, die Rufe der Freunde vom Ufer. Wo er mit ihnen gesessen hatte, ein Halbkreis aus Jungen mit bloßem Oberkörper, die von der Schule erzählten, den Mädchen, der Arbeit auf den Weizen- und Kukuruzfeldern. Durch die sie einander gejagt hatten, die Stängel beiseite biegend, die Laubblätter, den Mais; den es zu Mittag gegeben hatte, Palukes mit Milch, alle an einem Tisch, Echo, seine Schwester, die Mutter, der Vater. Der ihn am Vormittag einen Nichtsnutz geschimpft hatte, weil er Stroh, Hobel- und Sägespäne lustlos auf den Boden des Kuhstalls einstreute, immer wieder innehielt, eine Hand auf dem Rechen, eine in der Hosentasche. Wo die Mutter ihm am Morgen ein Taschentuch eingesteckt hatte, mit seinem Monogramm, ein bauchiges »B« für den Familiennamen und ein geschwungenes »G«. Gregor, sein Taufname, nach seinem Großvater, der ihm beigebracht hatte, auf dem Wasser zu liegen wie ein Blatt, wie ein Stück Holz, weil es den alten Mann gerettet hatte, als er im Krieg zwei Tage auf offenem Meer trieb. Und dieses Treiben hatte Gregor gefallen, als der Großvater ihn schwimmen lehrte. Als er ein kleiner Junge gewesen war, als er noch gewesen war.

In der Marosch waren schon viele ertrunken. Aber wo viele ertranken, schien die Wahrscheinlichkeit für den eigenen Tod abzunehmen. Man würde nicht weggehen, auch nicht kurz, während ein Kleinkind am Ufer spielte, nicht in den Fluss steigen, nachdem es geregnet hatte, und man würde sich jetzt, für eine gewisse Zeit, nicht mit ausgebreiteten Armen und durchgebogenem Rücken auf dem Wasser treiben lassen.

Hannes zögerte, das Haus von Ruth und Severin zu betreten. Er wusste, dass keine zurechtgelegten Worte helfen konnten, nur, was aus dem Augenblick entstand. In sieben Jahren hatte er drei Ertrunkene beerdigt, Echo war der vierte. Er wusste nicht, was schlimmer war, die Ertrunkenen oder die Selbstmörder, von denen es auf dem Land viele gab. Sie sprangen vom Dach oder in den Brunnen, nahmen den

Strick oder den Weg zu den Bahngleisen. Die Angehörigen waren bemüht, es wie einen Unfall aussehen zu lassen, und selbst wenn die Tatsachen eindeutig waren, spielten alle, auch er selbst, mit.

Das Tor war angelehnt, Hühner liefen über den Hof. Jemand musste das Gatter offen gelassen haben. Hinter dem Hühnerverschlag und mehreren Mandelbäumen lag der Kuhstall, und Hannes fiel ein, dass Severin behauptete, seine Kühe würden träumen. Insbesondere eine Färse musste täglich vom Feld abgeholt werden. Während alle anderen Tiere allein ins Dorf fanden und bei der richtigen Hofeinfahrt abbogen, blieb sie zurück, und Severin erntete Spott, weil er wegen einer Jungkuh, der ganz offensichtlich der Verstand fehlte, ein solches Aufhebens machte.

Severin hatte die Stiefel aus dem Stall nicht ausgezogen. Ruth trug ein langes, schwarzes Kleid. Sie bewegte sich darin so vorsichtig, dass es aussah, als würde sie über den Boden schweben.

»Er ist im Nebenzimmer.«

In der vordersten Stube stand nur noch ein Schrank, die anderen Möbel waren fortgeschafft, die Spiegel mit dunklem Stoff verhangen worden. Der Tod sollte sich nicht wiederfinden, verdoppeln, ebenso der Kummer im eigenen Gesicht.

Den Anblick der Toten war Hannes gewöhnt, doch als er den Jungen sah – die flache Brust, die eingedrückte Stelle am Kopf, wo der Baumstamm ihn getroffen hatte, das ausdruckslose Gesicht, aus dem sich so offenkundig etwas zurückgezogen hatte –, wusste er, alles, was er tat, wurde nicht für diesen Körper getan, sondern allein für diejenigen, die lebten. Echo war immer blass gewesen, eine Blässe, die sich vor allem um die Augen sammelte. Seine Lider hatten etwas unnatürlich Wächsernes, die Haut war dünn wie Papier. Müdigkeit war immer das Erste, das Hannes in den Sinn kam, wenn er Echo begegnete, weitläufige, heillose Müdigkeit. Dieses blasse, reglose Gesicht konnte maßlose Freude, zuinnerste Traurigkeit verraten und kehrte doch immer zu einem Ausdruck der Langeweile zurück. Echos Lächeln war unnahbar, manchmal verlegen und trotz seiner sechzehn Jahre immer noch das Lächeln eines kleinen Jungen gewesen. Seine Gesten wirkten zurückhaltend, beherrscht. Manchmal brach seine Reserviertheit auf, dann wurde offenbar, warum er sie sich auferlegte; nicht weil er zu Anteilnahme nicht fähig war, im Gegenteil. Weil sein Gesicht alles preisgab, verriet. Jeder hätte darin lesen können, und es musste ihn mehr als Selbstbeherrschung gekostet haben, das zu verbergen.

Hannes sprach ein Gebet. Dann segnete er Echo.

Die Sachlichkeit, mit der Ruth das Hemd geradezog, das schon gerade war, den Saum der Hose richtete, die schon gerichtet war, tat weh. Ihre Bewegungen waren verlangsamt, als wäre es ein weiter Weg vom Entschluss zum Heben des Arms zur Bewegung der Finger. Echos Schwester saß auf einem Stuhl am Fenster, was Hannes erst sah, als er sich umwandte, um das Zimmer zu verlassen. Er nickte ihr zu, konnte aber nicht sagen, ob sie es bemerkte.

Im Korridor blieb Ruth stehen.

»Er trinkt und arbeitet, als wäre nichts geschehen.«

Hannes brauchte einen Moment, bis er begriff, dass sie über ihren Mann sprach.

»Er war noch nicht einmal bei dem Jungen.«

Trotz ihrer Wut waren ihre Gesten verhalten, und Hannes kam nicht umhin zu bemerken, wie schön diese selbstauferlegte Zurückhaltung war, die er auch von Echo kannte.

»Gib ihm Zeit. Er macht, was für ihn richtig ist. Das heißt nicht, dass er nicht ebenso trauert wie du.«

Es war ihm unbegreiflich, dass sie nicht sah, wie Severin litt. Was einem selbst half, musste nicht das Richtige für jemand anderen sein.

Nachdem sie die Beerdigung besprochen hatten, begleitete er Severin zu den Kuhställen. Nicht weil er es geplant hatte, sondern weil ihm dieser auf dem Weg hinaus gefolgt war und Hannes es nicht über sich brachte, den Mann alleine zu lassen. Es roch nach Stroh, Buttersäure, einer Spur Vanille. Dreizehn Kühe, sechs auf einer und sieben auf der anderen Seite, alle zum Futtertrog geneigt. Nur eine Färse, kaum mehr als zwölf Monate alt, mit seltsam farblosem Fell, stand mit erhobenem Kopf da, rührte sich nicht, als sie vor ihr stehenblieben, nicht einmal die Ohren wackelten, um die Fliegen zu verscheuchen. Ihre Augen glänzten, Hannes verlor sich in dem grundlosen Schwarz und wusste, zweifellos, dieses Tier träumte.

Er fuhr mit dem Rad zurück nach Hause. Der Weg war nicht weit, doch war er zu Fuß unterwegs, musste er grüßen, ein paar Worte wechseln oder fand sich, auch wenn er die Einladung ablehnte, in einem Hof wieder. Es gab immer etwas zu besprechen, es gab immer das Verlangen nach Trost oder Rat, und einen ganz besonders guten Wein, den man gerade dem Pfarrer anzubieten verpflichtet war.

Er hörte den Wind, noch bevor er ihn spürte. Wie Schritte, die Anlauf nahmen – doch es war nur das verfrühte Laub, das der Wind zusammentrieb. Er zog den Kopf ein, trat in die Pedale. Im Sommer gab es keinen Mantelkragen, den man hochschlagen, keine Mütze, die man ins Gesicht ziehen konnte, man war dem Wind ausgeliefert. Wind, der einem Staub in die Augen streute, in den Ohren schmerzte, die Haare zerzauste. Wind, der Dachschindeln von den Häusern fegte, an Fensterläden rüttelte, Türen zuschlug. Der ohne Vorwarnung Kerzen ausblies, Buchseiten umblätterte, Zeitungen verwehte.

Ein großer, eigenwilliger Atem.

Störche, die von einem Strommast aufflogen, als würde sie der Wind aus ihrem Nest herausheben, weckten in Hannes die Erinnerung an die Gemeinde, in der er sein Vikariat absolviert hatte. Ein Dorf, das mehr Störche als Einwohner zählte. Neben der Kirchenburg am Zibin, den römisch bezifferten Gassen, die nur in der Mundart Namen trugen, vermisste er vor allem die Karpaten. Ihre Gegenwart veränderte das Licht. Zu Mittag war es grünlich-violett (im Winter silbrig-blau), am Nachmittag ein Goldgelb, das am Abend ins Kupferfarbene überging. Jeden Morgen hatten die Berge die Farben wieder ausgewaschen.

Das Banat war ihm wie eine Strafe vorgekommen. Doch einem Ruf widersetzte man sich nicht. Hier waren die Sommer trocken und staubig, der Winter verlor sich im endlosen Weiß der Ebene. Es fehlten die Berge, die das Licht wuschen, den Wind mäßigten.

Seine Frau war mit einer Selbstverständlichkeit hier, die ihm in all den Jahren nicht zuteil geworden war. Das mochte daran liegen, dass sie ihre Routine hatte, sich auf unbeirrbare Weise selbst genug war, kaum Rückversicherung brauchte, weder durch Menschen noch Orte. Florentine war immerzu beschäftigt, auch wenn es nicht offensichtlich war, womit. Sie verschwand mit Samuel im Garten oder auf den Feldern, verließ nach dem Mittagessen das Haus und kam erst am Abend zurück. Ohne Ausnahme war sie früh wach, setzte sich auf die Treppenstufen zum Hinterhof und überführte den Morgen seiner Anwesenheit.

Dieses Unbestimmte, Nicht-Fassbare hatte ihm immer gefallen, gefiel ihm noch. Und doch musste er aufpassen, dass er Florentine ihre Unabhängigkeit nicht neidete, ihr nicht vorwarf, dass auch das Kind so schweigsam war.

Samuel hatte spät angefangen zu sprechen, ein Gemisch aus dialektal gefärbtem Deutsch, Rumänisch und Slowakisch. Geprägt von Florentine und ihm, der Glöcknerin Rositante, die Hühner schlachtete, beim Putzen half und sich ums Hochdeutsche bemühte, dem Gärtner Ovidiu, der den Rasen mähte, Holz spaltete, Weinfässer reparierte und gleichzeitig immer müßig aussah, ihren Whist-Partnern Konstanty und Malva und deren Tochter Stana. Ein ernstes Mädchen mit wachsamem Blick und Pupillen, kaum größer als Stecknadeln. Diese Freundschaft hatte dazu geführt, dass Samuel auf Slowakisch zählte: Jeden, dva, tri, štyri, päť, šesť, sedem, osem, deväť, desať. Hannes hatte ihm wiederholt die deutsche Zahlenreihe aufgesagt, musste aber zugeben, dass dem Slowakischen eine Musikalität innewohnte, die es leichter machte, sich die Zahlen einzuprägen.

In wenigen Wochen würde die Schule beginnen, doch im Gegensatz zu anderen Kindern freute Samuel sich nicht darauf. Inzwischen wussten alle Gemeindemitglieder dieses Thema zu umgehen, kaum jemandem rutschte das Wort »Schule« heraus. Es war nahezu unmöglich, etwas gegen Samuels Willen durchzusetzen. Beim Essen war er wählerisch, es gab Tage, da verlangte er genau zehn (desať!) Erbsen, keine mehr oder weniger, aß nur Äpfel, die keinen Makel aufwiesen, oder Pflaumen, die er selbst gepflückt hatte.

Samuel ließ sich nur von Florentine anziehen, baden oder

ins Bett bringen. Manchmal wurde Hannes als Vorleser geduldet – aber er hatte nie das Gefühl, Teil der umfangreichen Zeremonie zu sein, die mit dem Zähneputzen begann und mit einem Gutenachtkuss endete. Die größte Enttäuschung jedoch war, dass er seinen Sohn nicht für Fußball begeistern konnte. Er hatte ein Tor aus Brettern und einem alten Fischernetz gezimmert, Pass- und Kombinationsspiel mit ihm geübt, Angriffe, Torabschlüsse, ihn als Torwart trainiert; nichts führte dazu, dass in Samuel auch nur ein Bruchteil seiner eigenen Leidenschaft geweckt wurde. Samuel stellte sich pflichtschuldig ins Tor, hielt die Bälle nicht untalentiert, aber lustlos. Nach dem Spiel suchte er Zuflucht in einem der Nachbarhöfe. Überall durfte Samuel ein- und ausgehen, und es stand zu befürchten, dass er verwöhnt wurde, was Florentine entschieden zurückwies.

»Das Leben wird noch schwer genug werden«, sagte sie. »Gönn ihm diese Zeit.« Dabei sah sie ihn an, als dächte sie: Warum nur muss ich dir das erklären?

Hannes hatte viele Kinder gewollt. Doch das Leben schuldete einem nichts, schon gar nicht die Erfüllung der Wünsche. Florentine war nach zwei Fehlgeburten ein Einverständnis zugewachsen, von dem er weit entfernt war. Sie sprachen kaum darüber. Vielleicht war eines der Geheimnisse ihrer Ehe, dass sie auf nichts bestanden. Er fragte nicht, wohin sie ging, Florentine legte ihn nicht auf etwas fest – und gab ihm dadurch das Gefühl, alles sein zu können.

Er war der älteste von drei Brüdern und hatte schon als Junge gespürt, dass aus ihm etwas werden musste. Nur was? Jeder Mensch sollte mit einer Gebrauchsanweisung auf die Welt kommen, einem Waschzettel, der einem selbst grob, nur ganz grob, die Richtung wies und anderen Hinweise zur

Pflege gab. Er hatte dem Leben lange keine Richtung abgetrotzt – es mit Fußball und Musik versucht, bevor er Theologie studierte –, aber immer um die Verantwortung gewusst, dass es gelingen musste; schon seiner Mutter Karline zuliebe, deren Leben in einer Villa begonnen und am Fließband einer Knopffabrik geendet hatte.

Als Hannes im Pfarrhof eintraf, fand er Haus und Garten verlassen vor. Auch Ovidiu, der begonnen hatte, die Hecken zurückzuschneiden, war nicht da. Hannes sah, dass sie eckige statt runde Formen erhielten. Schickte er Ovidiu um Most, kam er so spät, dass es schon Wein war. Trug er ihm auf, Nüsse vom Baum zu schlagen, fing er mit den Pflaumen an. Ovidiu machte, was er wollte, das hatte Hannes schon begreifen müssen, als er ihm den ersten Arbeitsauftrag gab. Hannes wünschte sich eine Gartenhütte, beschrieb, wie sie aussehen sollte, fertigte sogar eine Zeichnung an. Als die Hütte stand, zeigte das einzige Fenster in die entgegengesetzte Richtung als jene, die Hannes bestimmt hatte.

Es sei schlauer, wenn das Fenster zum Hoftor gehe, sagte Ovidiu. Man müsse schließlich sehen, wer zu Besuch komme.

Hannes setzte sich mit seiner Gitarre auf die Bank am Schuppen. Hinter der angelehnten Tür roch es nach ausrangierten Weinfässern und Schmieröl. Wenn er lange nicht gespielt hatte, waren seine Finger steif, und es brauchte eine Weile, bis er die Stimme loswurde, die sagte, dass es keinen Sinn hatte, mit so wenig Talent zu spielen.

Für deine Konfirmanden reicht es, hielt er dagegen.

Die Wiese hatte ausgetretene Stellen, auch um die Hundehütte wuchs kein Gras. Warum er sie über all die Jahre nicht abgebaut hatte, konnte er nicht sagen. Die Weinreben sahen aus wie mit Mehl bestäubt. Ein fahles Weiß wie die Papierhaut des Jungen. Der Rost fraß geduldig das Eisentor. Die Kastanien reichten bis zum Kirchendach. Eine Wolke hatte sich am Turm verfangen.

Sein Blick rutschte daran ab.

Erst als erneut Wind aufkam, hörte Hannes auf zu spielen. In jedem Wind steckt ein Teufel, sagten die Rumänen.

Heute war es der Zweifel.

Abends, als Florentine Samuel ins Bett brachte, setzte Hannes sich mit seinen Notizen und einem Glas Wein auf die Treppen zum Hinterhof. Die Sonne war untergegangen. Der Garten lag in der Dämmerung. Über den Dächern hielt das Licht an, gewährte eine Frist, einen Aufschub, Aufenthalt.

Ihm fielen einige brauchbare Gedanken für seine Ansprache ein, dann stockte er, zu viele »man sollte« und »wir müssen«. Wer im Namen der anderen spreche, sei ein Betrüger, hatte er bei Cioran gelesen. Ein Dichter verantworte das »Ich«.

Hannes hatte einen wiederkehrenden Traum.

Er wachte im Bett auf, doch trotz aller Willens- und Kraftanstrengung war es unmöglich, sich zu rühren oder etwas zu sagen. Er war in seinem Körper gefangen, der still und unbeteiligt dalag, während er rebellierte. Der Körper gehorchte ihm nicht, gehörte ihm nicht, wie sonst. Tippte er auf der Schreibmaschine, war nicht zu sagen, was den Befehl für ein kleines »e« oder ein großes »L« gab, was die Buchstaben so schnell hinstreute, dass das Klackern der Tasten mit der Geschwindigkeit seiner Gedanken mithalten konnte. Es war möglich, eine Tasse zu halten und sie gleichzeitig zu vergessen, Fahrrad zu fahren, während die Gedanken woanders waren. Die Sinne, die alles erfassten, ihm halfen, sich zurechtzufinden, in einer fremden Gegend, in einem anderen Gesicht – das alles war auf beängstigende Weise fort.

Er erinnerte sich an Träume, in denen er auf Eis stand, unter sich die Tiefe eines zugefrorenen Sees, Träume, in denen er milchig-trübe Becken durchschwimmen musste, die sich immer weiter fortsetzten. Doch diese Lähmung des Körpers war neu. Er konnte durch die geschlossenen Lider hindurchsehen, konnte Florentine neben sich spüren, die von all dem nichts ahnte, und die Verlassenheit, Einsamkeit, die damit einherging, war schlimmer als alles, was er kannte.

Es war ein Vorgefühl dieser Lähmung, wenn er an Echo dachte.

»Wie geht es Ruth und Severin?«

Florentine setzte sich neben ihm auf die Treppen und zündete sich eine Zigarette an.

»Sie reden nicht miteinander.«

Hannes füllte das Glas, das sie ihm hinhielt.

»Auch mir fällt es schwer, die richtigen Worte zu finden. Soll ich ihnen von der Sinnhaftigkeit eines so frühen Todes erzählen, davon, dass sie Echo eines Tages wiedersehen werden?«

»Glaubst du denn nicht daran?«

Hannes fixierte einen Punkt in der Dämmerung. Die Stundung war aufgehoben, jetzt schwand alles schnell, das Licht, die Wärme.

»Glauben ist Gnade. Man kann nicht glauben wollen, das wäre lächerlich. Ich kann mir nicht vorstellen, dass das Jenseits ein Ort ist, an dem wir einfach wieder auftauchen, dass es dort ein Erkennen gibt, wie es auf der Straße ein Erkennen gibt.«

»Woher weißt du«, fragte Florentine, »dass sie das hören

wollen? Ich beneide dich nicht. Aber du musst etwas finden, was sie tröstet. Und das wird nicht dein Selbstmitleid sein.«

»Punkt für dich.«

»Es geht nicht ums Gewinnen.«

Obwohl er wusste, dass weder Tadel noch Selbstgerechtigkeit Florentine zu ihren Äußerungen bewogen, konnte sie ihn treffen. Worte kamen ihr aufs Geratewohl heraus, willkürlich, als hätten sie ein Eigenleben – es gelang ihr selten, was sie dachte und was sie sagte in jene Übereinstimmung zu bringen, die für andere selbstverständlich war. Hannes versuchte, ihr das nicht übelzunehmen. Er hatte gelernt, damit umzugehen, für sich selbst oder andere den Kontext herzustellen, etwas abzuziehen oder hinzuzufügen, je nachdem.

Manchmal gelang es. Manchmal ging es schief.

Wie bei der Sache mit Konstanty Novac.

Im Dorf gab es einige evangelische Slowaken. Die Novacs hatten Hannes vor fünf Jahren aufgesucht, um ihre Tochter Stana taufen zu lassen. Seit dieser Taufe hatten sich regelmäßige Whist-Abende im Pfarrhaus etabliert. Florentine hatte sich mit Malva angefreundet und Samuel mit Stana. Mit Konstanty hatte sich niemand angefreundet, er war ein impulsiver, unangenehm neugieriger Zeitgenosse. Bestimmte Themen wurden in seiner Gegenwart ausgespart. Es war generell ratsam, bestimmte Gespräche nur unter freiem Himmel zu führen, es konnte sein, dass die eigene Wohnung Ohren hatte. Dass die Liste der auszusparenden Themen im Laufe der Zeit immer länger wurde, machte es nicht einfacher – aber nach fünf Jahren war es schlechterdings nicht mehr möglich, die Whist-Abende ohne größeren Erklärungszwang einzustellen.

Eines Abends Anfang Juli war Konstanty alleine vorbeigekommen, ausgerechnet als Besuch aus der DDR da war. Luthers Auftrag an die Pfarrhöfe, die Gastfreiheit nach Auflösung der Klöster fortzusetzen, führte dazu, dass im Sommer keine Woche ohne Besuch verging. Die meisten waren über Arad und Deva auf dem Weg nach Hermannstadt, machten einige Tage bei ihnen Station. Seit Bene und Lothar war niemand mehrere Wochen bei ihnen geblieben, und doch mutmaßten Hannes und Florentine, dass die beiden Werbung für den Pfarrhof gemacht hatten. Ungewöhnlich viele angehende Lehrer aus Berlin waren seither bei ihnen gewesen. Zunächst übernachteten die Gäste im Haus, dann wurde es Florentine zu viel und sie zelteten im Garten, bis jemand Hannes zu verstehen gab, dass dies an »gegebener Stelle« kritisch aufgefasst wurde. Fortan schlugen die Reisenden ihr Nachtlager an der Marosch auf und kamen nur zum Essen oder Baden ins Pfarrhaus.

Sie hatten die Schritte auf dem Korridor nicht gehört, auch nicht, wie die Tür aufging (oder ob überhaupt angeklopft worden war). Konstanty stand mit einem Mal in der Küche, und es war ihm auf den ersten Blick anzusehen, dass er betrunken war.

Florentine reagierte als Erste.

»Dobrý večer, Konstanty.«

Konstanty trat an den Tisch und musterte die Dinge, die darauf lagen: Zigaretten, Streichhölzer, Zeitungen. Dann waren die Studenten an der Reihe. Hannes zündete sich eine Zigarette an, zog eine weitere aus der Schachtel. Konstanty ließ sich Feuer geben und ging zum Fenster. Er legte den Hut ab und rauchte schweigend. Hannes beobachtete sein Gesicht in der Fensterscheibe.

»Möchtest du nicht Platz nehmen?«

Konstanty drehte sich um.

»Viel lieber möcht ich wissen, wer euer Besuch ist.«

Hannes sah die Studenten auffordernd an.

Die drei stellten sich namentlich vor.

»Ob ihr jetzt Hans, Klaus oder Helmut heißt, ist mir gleich«, sagte Konstanty von der Fensterbank. »Was euch scharenweise hierher führt und über was ihr zu sprechen habt, das würde mich interessieren.«

Hannes erhob sich, um ein weiteres Glas aus der Kredenz zu holen. Mitten in der Bewegung hielt er inne. Er hörte Florentines Stimme.

»Lass. Konstanty hat genug getrunken. Er wird nach Hause gehen und unsere Gastfreundschaft ein andermal in Anspruch nehmen.«

Konstantys Augen wurden schmal. Der Student, der zwischen Florentine und dem Fenster saß, duckte sich, als müsste er einem Schlag ausweichen. Konstanty schwankte, fing sich wieder, ging zum Tisch und drückte die Zigarette aus. Langsam, mit einem Blick, der von einem zum anderen wanderte und zuletzt auf Florentine ruhte. Dann verließ er die Küche. Seinen Hut vergaß er auf der Fensterbank.

Am Nachmittag darauf erhielt Hannes eine Einladung aufs Polizeipräsidium. Er wurde in den Keller geführt.

Unten seien die komfortablen Zimmer, sagte ein Polizist.

Hannes nahm in einem fensterlosen Raum Platz. Kreisrundes Licht fiel auf eine Tischplatte. Er legte auf Kommando die Hände in diesen Kreis, Handflächen nach unten. Drei Personen waren anwesend, einer fragte, einer schrieb, der dritte hinter ihm schwieg.

Hannes beantwortete die Fragen, die, als sie zu Ende waren, wieder von vorn begannen.

Warum die Besuche, worüber die Gespräche.

Hannes nahm sich vor, gelassen zu bleiben, lieber zu wenig als zu viel zu sagen. Er konnte ehrlich verneinen, als die Frage gestellt wurde, ob sie über Politik sprachen. Warum so viele Gäste kamen, wisse er nicht. Nein, er habe nicht vor, die Besuche zu unterbinden. Irgendwann verlor er das Gefühl für die Zeit. Es war, als würde er seit Tagen in diesem Raum sitzen, als würde er hier sitzen müssen, gerader Rücken, Hände im Lichtkreis, bis ihm der Bart durch die Tischplatte wuchs.

Der Mann, der hinter ihm gesessen hatte – mit einem rundlichen Gesicht und einer Strickjacke, die eine unpassende Behaglichkeit ausstrahlte –, umrundete den Tisch, tippte die Lampe an, tat gelangweilt. Das Licht pendelte über der Tischplatte. Dieses Zimmer war in einem Schiffsbauch. Das Schiff war auf hoher See. Die See war in einem Wasserglas. Das Wasserglas stand in diesem Zimmer.

Hannes bat um etwas zu trinken, was einen allgemeinen Heiterkeitsausbruch zur Folge hatte. Er dachte daran, wie leicht Mitgefühl sich definieren ließ: Leidet jemand, empfindet er das Gleiche, was ich empfinde, wenn ich leide.

Wann war diesen Leuten ihr Mitgefühl abhanden gekommen?

Ein weiterer Mann kam hinzu. Er hatte glattes blondes Haar; Sommerhose, Hemd und Weste waren aufeinander abgestimmt und gaben ihm den Anschein, er sei auf einer Urlaubs- nein, Weltreise.

Du bist denen aber viel Personal wert, dachte Hannes, oder die haben nicht viel zu tun und hoffen auf gute Unterhaltung.

Der blonde Mann setzte sich neben ihn und wies einen Kollegen an, ein Glas Wasser zu holen.

»Du kannst dir bei uns alles von der Seele reden«, sagte er. »Wir wissen sowieso Bescheid.«

»Bescheid über was?«

Der Mann lächelte.

»Trink«, sagte er.

Hannes trank.

»Machs dir kommod«, sagte der Mann.

Und Hannes nahm die Hände vom Tisch.

Er könne es verstehen, sagte der blonde Mann, die Rebellion, den Unwillen, die Deutschen hätten einiges an Ungerechtigkeit erdulden müssen, aber man könne zusammenarbeiten, für die Zukunft des Landes. Ţară fericită, sagte er. Und manches mehr.

Hannes hatte das deutliche Gefühl, den Mann zu kennen. Seine soignierte Erscheinung, die wässrig-hellen Augen, die bemessenen Bewegungen weckten eine Erinnerung. Im Winter hatte ein Bekannter, den er seit dem Theologiestudium nicht mehr gesehen hatte, um ein Treffen gebeten. Sie verabredeten sich in einer Kneipe in Arad. Spätabends ging die Tür auf, ein blonder Mann in Zivil trat ein, begleitet von einem bewaffneten Soldaten. Es waren noch drei, vier weitere Tische besetzt, allesamt Paare. Erst später wurde Hannes bewusst, dass sich alle hatten ausweisen müssen, alle außer ihm und seinem Freund.

Das war er, dachte Hannes. Er hat dich damals schon gekannt.

Er arbeite an der glücklichen Zukunft des Landes, sagte Hannes, auf seine Weise.

Und welche wäre das?

Indem er für die Menschen da sei, ihre Sorgen und Nöte.

Welche Sorgen und Nöte wären das im Speziellen?

Du plauderst zu viel, dachte Hannes, halt besser den Mund.

Nach einem längeren Schweigen, in dem nur ihr Atem zu hören war und ein Ticken, dessen Ursprung Hannes nicht bestimmen konnte, sagte der Mann: »Ich werde eine Erklärung vorbereiten, die du unterschreiben wirst.«

»Was für eine Erklärung?«

»Dass du in den Gesprächen mit Ausländern dem Ansehen des rumänischen Staates nicht schadest.«

Der blonde Mann drückte seinen Unterarm, kameradschaftlich, aber fest genug, um keinen Zweifel an den Machtverhältnissen zu lassen. Dann verließ er den Raum.

Hannes konnte ihn nicht einordnen. Seine Vertraulichkeit, seine ganze vornehme Gestalt passte nicht hierher. Und doch hatte Hannes den Eindruck, dass er ihm von allen am freundlichsten gesonnen war.

Nur noch einer der Männer war anwesend. Er saß in Hannes' Rücken, das Holz seines Stuhls knarrte, als würde er sich fortwährend bewegen, doch Hannes wandte sich nicht um. Das Ticken, verborgen hinter einer Wand, wurde lauter, zeigte an, dass Zeit verging, wo sie doch gerade hier, in diesem Raum, aufs Entschiedenste aufgehoben war. Die Zeit war oben. Die Zeit galt für andere. Jetzt saßen seine Frau und sein Sohn am Küchentisch. Jetzt sahen sie zu dem leeren Stuhl, der allabendlich seiner war. Jetzt kleidete Samuel sich aus, sprang aufs Bett, Florentine schüttelte die Decke auf, der Junge schloss die Augen, lachte. Jetzt lag sie neben ihm, suchte die Stelle, an der sie aufgehört hatte, las, hielt das Buch mit einer, streichelte mit der anderen Hand sein Haar. Jetzt schlief er, sie aber stünde lange nicht auf, halb unter der Decke, reglos, ergeben, in der Betrachtung seines stillen Gesichts.

Alles geschah, während er hier war, weiter von allem entfernt, als er es je gewesen war, so weit, dass es ihm unmöglich schien, jemals nahtlos an das anzuschließen, was außerhalb dieses Kellers geschah. Finde dich hier ein, sagte eine innere Stimme, alles wird auch ohne dich weitergehen, dein Fortsein fällt nicht ins Gewicht.

Die Tür ging auf.

»Hände auf den Tisch«, befahl eine Stimme.

Hannes wusste, dies war eine einstudierte Dramaturgie, ein Wechselspiel aus Freundlichkeit, Drohung, Angst. Als er erneut gefragt wurde, worum es in den Gesprächen mit den Besuchern des Pfarrhauses ging, verlor er die Geduld.

Er nahm die Hände vom Tisch und sagte: »Über was sprecht ihr mit *eurem* Besuch, Genosse? Wen lasst ihr in *euer* Haus? Holen wir die drei doch hierher. Oder habt ihr Angst, das Ausspionieren von Reisenden könnte man in der DDR nicht gut auffassen?«

»Predige in deiner Kirche, Pfaffe. Hier stellen wir die Fragen.«

Es endete damit, dass er das Protokoll des Verhörs unterschreiben musste, ohne es vorher lesen zu dürfen, und angewiesen wurde, künftig über jeden Besuch einen Bericht auf seiner registrierten Schreibmaschine zu verfassen. Hannes wartete auf eine erneute Einladung ins Polizeipräsidium, Kontrollbesuche, Schikanen, doch Weiteres blieb ihm erspart. Das mochte daran liegen, dass der Bürgermeister ihn protegierte, oder daran, dass Malva ihren Mann Konstanty an die Sache mit der Freundschaft erinnerte.

Der Hass, dem Hannes in dem fensterlosen Raum begegnet war, ließ ihn nicht los. Die vermeintlichen Vergehen anderer wurden mit solcher Hingabe aufgespürt und bestraft, die Richtung war so eindeutig, als wäre alles nur dazu da, von der eigenen Misere und Unzulänglichkeit abzulenken. Angeblich ging es um eine sichere Zukunft. Um Gerechtigkeit. Dieses System lebte davon, dass jeder schuldig war.

Es gab nur ein Dafür oder Dagegen.

Läuten war eine Kunst für sich.

Die Glocken offenbarten, welche Konfession der Verstorbene hatte, ob eine Frau, ein Mann oder ein Heranwachsender beerdigt wurde. Sie zeigten die Dauer der Totenwache an, erinnerten an das Ankleiden für die Beerdigung und gaben das Zeichen für die Prozession zum Friedhof. Eine Stunde vor der Beerdigung läutete die kleine Glocke, eine halbe Stunde vorher die große, eine Viertelstunde vorher läuteten beide Glocken – dann war es an der Zeit, aus dem Haus zu gehen.

Starb ein junger Mensch wie Echo, läuteten alle Kirchenglocken. Das Ausläuten begann mit der evangelischen Kirche, dann stimmten die anderen Kirchen ein, über alle Dächer und Konfessionen hinweg, die reformierte, die orthodoxe, die griechisch-katholische.

Die Fenster im Haus von Ruth und Severin waren geöffnet worden, die Stühle auf den Kopf gestellt. So schnell durfte sich der Tod hier nicht wieder zu Hause fühlen. Samuel ging zwischen den aufragenden Stuhlbeinen umher, half, Kränze und Sträuße in den Hof zu tragen, und zählte mit seinem Freund Oswald die Rufe eines Kuckucks, der sich in den Garten verirrt hatte. Der Ernst der Erwachsenen blieb etwas, das die beiden Jungen nicht berührte.

Echo war im Hof aufgebahrt, sein Gesicht kaum vom Kissen zu unterscheiden, nur die Hände hoben sich auf dem dunklen Anzug ab. Ruth bemühte sich, die Fliegen zu verscheuchen. Jemand stellte einen Bottich Eiswasser unter den Sarg.

Hannes besprach sich mit Kurator und Kirchenvater. Letzterer begegnete ihm reserviert, fast unfreundlich, seit bekannt war, dass der junge Pfarrer im Konfirmandenunterricht Black Sabbath auf dem Kassettenrecorder vorgespielt hatte, als es um die Verführungskraft des Bösen ging – Hannes konnte damit leben, dass die Kirchenältesten ihn kritisierten, solange er die Jugend für Religion begeistern konnte.

Vorne versammelte sich die Familie, Ruth und Severin, Großeltern, Onkel und Tanten, Cousinen und Cousins. Echos Schwester trug Weiß wie alle Mädchen. Wer trauert, trägt Schwarz, wer das Leben und die Auferstehung feiert, Weiß. Die Abwesenheit der Farben wirkte fremd im grünblau beflaggten Garten und strahlte eine Sachlichkeit, Eindeutigkeit, ja, Wahrheit aus wie sonst nur Buchstaben auf Papier. Die Zumutung des Todes wurde so zu einem objektiven Tatbestand. Anders war es nicht auszuhalten.

Florentine fand sich mit Samuel neben Paul und seinen Kindern ein. Hannes durchzuckte ein unabweisbares Gefühl der Zurücksetzung. Sie sehen aus wie eine Familie, dachte er. Eine große Familie, die allen flüchtigen Erscheinungen, aus denen das Leben besteht, etwas entgegenzusetzen hat. Florentine zog einen dünnen Schal übers Haar, verknotete ihn im Nacken. Sie fing Hannes' Blick auf, und als die Glocken verstummten, nickte sie ihm kaum merklich zu.

Die Verabschiedung im Namen von Familie und Freunden begann. Früher waren in die Verabschiedung alle einbezogen worden, jeder, dem der Tote auf der Straße einmal »Guten Tag« gesagt hatte. Hannes war froh, dass dies abgeschafft worden war und der Zeitpunkt nicht länger hinausgezögert wurde, ein Leintuch über den Kopf des Toten zu legen. Bläuliche Fliegen waren über Echos Gesicht gelaufen, in dem sich nie wieder jene rasche Abfolge von Gefühlen zeigen würde – Stolz, Unsicherheit, ein wenig Selbstverliebtheit, seinem Alter entsprechend –, nur um zuletzt zu jenem Ausdruck von Gleichgültigkeit zurückzukehren, der ihn immer ein wenig von den anderen abgerückt hatte.

Hannes sah Echo in der Kirche, das Gesangbuch zugeklappt, er konnte viele Lieder auswendig, sie einmal zu hören reichte. Echo auf dem Fußballfeld, wo er die Dynamik eines Spiels erkannte, ahnte, was die anderen vorhatten, für andere mitdachte, zur richtigen Zeit am richtigen Ort war, den Gegner täuschte, leicht, fast mühelos. Echo auf der Bank vor dem Haus, die Beine lang ausgestreckt, zwischen den Lippen einen Halm. Mit durchgebogenem Rücken und ausgebreiteten Armen auf dem Fluss. Der Baumstamm kam näher, und es war dasselbe Gefühl wie in Hannes' Träumen, er wand und sträubte sich, und obwohl er ihn warnen wollte, kam aus seinem Mund kein Laut.

Der Sarg wurde zugenagelt, es war ein erbarmungsloses Geräusch. Die Grabmacher fragten, ob es ihnen gestattet sei, den Toten hinauszutragen. Hannes war erleichtert, als das Glockenläuten den Trauerzug in Bewegung setzte. Zwei Klassenkameraden Echos waren die Kreuzträger, dann folgten Hannes, Kirchenvater und Kurator, Sarg, Trauergesellschaft, zuletzt die Musikkapelle.

Der Friedhof lag jenseits der Bahnlinie. Der Weg war lang in der Hitze des Sommertages. Als alle um das Grab versammelt waren, legte Severin den Kranz der Familie auf den Sarg. Die anderen Kränze würden später auf den Grabhügel gelegt werden. Sie waren aus Papier. Blumen gab es keine zu kaufen, und Tannengrün war in dieser Gegend selten. Hannes sprach Glaubensbekenntnis und Vaterunser. Der Sarg wurde in Stille hinabgelassen, dann folgte das nicht enden wollende Zuschaufeln des Grabs. Zuletzt wurde das Lied Dreihundertachtundachtzig gesungen, was der Kurator in einer Sprachverwirrung mit Dreihundertoptzecişiopt ankündigte. In dem Lied sprach der Verstorbene denjenigen, die um ihn weinten, Trost zu. Sie sollten sich nicht betrüben lassen, der Nacht folge der Tag.

Auf dem Rückweg setzte Regen ein. Ein feiner Sprühregen, für den Hannes gern einen eigenen Namen gefunden hätte. Er nahm das Trübe, das sich in ihm eingerichtet hatte, für den Moment fort. War es die Anstrengung, die es ihn gekostet hatte, Echos Taufnamen zu verwenden, Gregor, was ihm fremd über die Lippen kam? Oder etwas anderes, das ihn seit dem Verhör nicht mehr losgelassen hatte? Wenn er auf der Straße hinter sich Schritte hörte, dachte er, diese Schritte *meinen* dich. Saß er am Küchentisch, war es, als lägen seine Hände wieder im Lichtkreis. Musste er Protokolle schreiben – über die Besuche, die Gespräche, alle auf Linie, alle harmlos, aber nicht zu belanglos –, war er froh, dafür nicht seine Muttersprache verwenden zu müssen. Eine Sprache wurde von Verboten und ideologischen Versatzstücken nicht behelligt, eine Sprache blieb, in der die Wörter meinten, was gesagt war.

»Wenn es regnet, heißt es, es tue dem Toten um das Leben leid«, sagte Florentine.

Sie hatte den Schal abgenommen, trug ihn lose in der Hand.

Hannes dachte, dass es Echo um nichts mehr leidtat.

Das war es ja.

Nachdem sich die Kaffeegesellschaft aufgelöst hatte, blieben nur die engsten Angehörigen und Freunde übrig (sowie jener unvermeidliche Prozentsatz, der sich an Feierlichkeiten dafür hielt), um Paprikasch zu essen. Florentine half in der Küche, spülte Gläser, schnitt saure Gurken, füllte Kleingebäck auf Teller. Samuel spielte Ivanhoe nach, er selbst in allen Rollen: Richard Löwenherz, Robin von Locksley (besser bekannt als Robin Hood und seine Lieblingsrolle), Rowena und Rebekka. Er hielt ein Trinkglas vors Auge, um durchs Fernrohr Normannen auszuspähen, verwendete einen Besenstiel als Lanze, schlug unter dem Küchentisch sein Zelt auf. Als ein anderer Junge mitmachen wollte, wies er ihn ab.

»Warum spielst du nicht mit ihm?«, fragte Hannes.

Samuel sah ihn an, gefasst, mit erhobenem Gesicht, als müsste er ihm eine Aufmerksamkeit erweisen. Er ließ die Mahnung über sich ergehen und rannte, sobald Hannes fertig war, in den Garten. Der andere Junge duckte sich unter den Tisch, nahm Glas und Besenstiel und führte das Spiel auf seine Weise fort.

Im Mandelbaum schwankten Äste.

Eine kletternde Gestalt verschwand in der Baumkrone.

Hannes, der ihm gefolgt war, blieb unentschlossen im Innenhof stehen. Alle Umrisse traten farblos aus der Dunkelheit hervor. Es stand zu befürchten, dass es Samuel in der Schule schwer haben würde. Hannes hatte genug mit Kindern zu tun, um zu wissen, wie es Einzelgängern wie ihm erging. Aber was konnte er ihm von seinen Erfahrungen abnehmen? Was richteten seine ständigen Ermahnungen aus – außer dass ihm die Rolle eines strengen Vaters zuwuchs? Um wie vieles schöner war Florentines »Lass dir Zeit«. Vielleicht hatte sie recht, wenn sie sagte, ein Kind erziehe sich irgendwann selbst, ebenso Nachbarn, Freunde, Jahreszeiten.

»Ihr Deutschen riskiert wenig für eure Toten.«

Hannes zuckte zusammen. Er hatte Ovidiu nicht bemerkt, der ihm, sichtlich erstaunt über Hannes' neue Schreckhaftigkeit, ein Weinglas reichte. Zuvor schüttete er aus jedem Glas einige Tropfen auf den Boden – für Echos Andenken.

»Nicht einmal neue Schuhe kauft ihr dem Verstorbenen.«

Alles, was man aß, trank und erwarb, war, so der rumänische Volksglaube, eine Investition in die letzte Reise des Toten.

»Im Himmel kann man barfuß gehen.«

»Und wenn die Richtung entgegengesetzt ist?«, fragte Ovidiu und zeigte mit dem Finger nach unten.

Hannes lachte und spürte eine tiefe Zuneigung zu dem Mann, der immer eine andere Version der Wahrheit zur Verfügung hatte.

Wind kam auf. Er strich über Hannes' Gesicht, seinen Hals, verfing sich in seinen Haaren, überraschte mit einem schnellen Angriff und zog sich ebenso rasch wieder zurück.

Er verstehe den schlechten Ruf des Windes nicht, bemerkte Ovidiu. Der Wind trage Samenkörner mit sich, auf der Suche nach gutem Boden. Damit etwas wächst, brauche es nicht mehr als die Berührung des Windes. Predige das nicht die Kirche?

Hannes kam nicht dazu, nach einer Antwort zu suchen. Vor dem Eingang hatte sich eine Gruppe versammelt, darunter auch Ruth. Ihre zu lauten Stimmen offenbarten, dass etwas nicht stimmte.

Severin war verschwunden.

»Er wird doch nicht …«, hob jemand an.

»Nein, wird er nicht«, entgegnete Hannes.

Ovidiu ging dennoch vorsorglich zum Friedhof.

Ruth war in ihrem Zorn wie erstarrt. All die kleinen und großen Verrichtungen dieses Tages hatten verhindert, dass die Stunden ins Bodenlose fielen. Doch nach dem heutigen Tag kam der nächste, und darin würde weit weniger Trost zu finden sein, und in der kommenden Woche schon würde alles so weitergehen wie bisher, die Besuche weniger werden, die Aufmerksamkeiten, bis irgendwann von ihr verlangt werden würde, dass auch sie in das zurückfand, was sich Normalität nannte. Man sagte, das Leben gehe weiter, und merkte nicht, wie drohend diese Worte klangen. Das Leben ging weiter und somit auch der Tod, denn Echo würde an jedem einzelnen Tag, der noch kam, fortbleiben.

Hannes hätte Ruth gern gesagt, dass es leichter war, in dem, was geschah, Gottes Willen zu akzeptieren als die Tatsachen selbst. Dass es jetzt nicht darauf ankam zu verstehen, sondern daran zu glauben, dass man trotzdem geliebt wurde. Er wünschte, sie und Severin würden in ihrem Kummer wieder zueinanderfinden. Die Worte waren da, doch es war unmöglich, sie auszusprechen, sie würden verkehrt herauskommen, und Ruth würden sie nichts nutzen. Erneut kam Wind auf, doch er war in jenem Moment etwas, das Hannes sanft berührte. Ein Eulenfalter setzte sich auf seinen Unterarm. Vorsichtig hob ihn Hannes auf Augenhöhe. Ruth und er betrachteten die Flügel des Falters, ein wellenförmiges, schwarzes Muster, das an den Rändern in ein helles Türkis spielte.

Als Ruth sich abwandte, hatte sich ihr Gesichtsausdruck verändert, und Hannes meinte (vielleicht wünschte er es sich auch nur), dass es die Andeutung eines Lächelns gewesen war.

»Er ist im Stall«, tönte der Mandelbaum.

Ein erneutes Schwanken der Äste. Ein Sprung.

Hannes wollte Samuel den Falter zeigen, doch der war fort.

Sie nahmen einander bei der Hand und gingen zum Kuhstall. In der Dämmerung war ein schwaches Licht zu sehen. Die Kühe kauten andächtig, kaum eine wandte ihnen den Kopf zu. Weiter hinten im Stall stand eine Laterne am Boden. Hannes hob sie hoch, setzte sie auf einen Holzbalken ab. Erst jetzt entdeckte er Severin. Zunächst konnte er die seltsame Verrenkung nicht deuten und zog Samuel an sich.

Die Augen der Jungkuh waren feucht, der Kopf leicht zur Seite geneigt. Sie sah erstaunt aus. Ihr helles Fell, das tagsüber farblos und matt wirkte, glänzte wie Seide.

Severin kniete neben ihr.

Er umarmte die Färse, die träumte.

Leviathan

Jetzt, gerade jetzt, sie wusste nicht warum, spürte sie die Hand des Königs in ihrer Hand. Er lächelte. Er lächelte so, wie die Sonne aufging – die Vögel kündigten sie an, lange bevor sie zu sehen war. Es war ein warmer Apriltag, die Vögel sangen in den Bäumen, flogen auf, und König Michael, der Erste, lächelte.

Die Erinnerung ist ein Raum mit wandernden Türen. Manchmal trifft dich der Schatten eines Berges, manchmal ein Wort. Du gehst einen Hügel hinauf, trägst einen Korb Äpfel, wäschst das Haar, und mit einem Mal öffnet sich eine Tür. Eines Morgens dann willst du nicht mehr aufstehen, hast zu nichts mehr Lust.

Weil die Erinnerung reicht.

Karline rieb Kartoffeln und briet sie in einer Pfanne. Sie salzte zu viel. Die Schweineschnitzel wurden geklopft und ausgebacken. Zum Salat gab sie Öl, Essig und Zucker. Der Junge und ihr Mann setzten sich an den Tisch, sie sprachen ein Gebet. Das Essen dauerte kaum länger als zwanzig Minuten. Der Junge fragte, ob er aufstehen dürfe. Er besaß die Gabe, sich unsichtbar zu machen und nur zu den Mahlzeiten aufzutauchen. Johann setzte sich mit seiner Zeitung in die Laube. Karline räumte den Tisch ab und spülte das Geschirr.

Da verbringt man den Vormittag in der Küche, dachte sie, der Mann isst, ohne ein Wort des Dankes, und hat danach nichts anderes zu tun als Zeitung lesen und in den Zähnen stochern.

Ihre Mutter hatte sich Söhne gewünscht und vier Töchter bekommen. Karline war das zweitälteste Kind, und weil man auf einen Karl gehofft hatte, erhielt sie einen Namen, den auszufüllen ihr einiges an Mühe bereitete. Es gab keine Vorbilder für ein Leben als Karline. Ihre ungarische Gouvernante hatte sie, wenn sie wütend war, Károly genannt. Sie konnte sich an das Rascheln des Damastkleides erinnern, an den kühlen Geruch von Jasmin und Pfefferminze und das Lispeln, das ihre Gouvernante zu beherrschen versuchte – erfolglos, wenn sie erregt war, was ihr eine gewisse Hilflosigkeit verlieh. Karline hatte Genugtuung in diesen Momenten empfunden. Die gegen die Vorderzähne schlagende Zunge war eine angemessene Strafe für die Verkehrung ihres Namens ins ungarische Maskulin.

Ihr erster Freund hatte eine englische Mutter und verfiel irgendwann auf den Einfall, sie Charlie zu nennen. Diesen Klang mochte sie, sie mochte ihn sogar sehr. Noch heute, wenn sie, was allerdings immer seltener wurde, ein gewisses Einverständnis mit ihrem Spiegelbild empfand, wenn die Haut nach dem Baden weich war, die Falten um die Augen geglättet und Wasserdampf das Grau ihrer Haare verhüllte, dann nannte sie sich in Gedanken Charlie, schloss die Augen und strich mit den Fingerspitzen über den Hals, so wie Ernest es getan hatte, langsam, mit einer Selbstvergessenheit, die jede Berührung umso köstlicher machte – was die meisten Männer ihr Leben lang nicht begriffen. Eine zu frühe Absicht der Berührung tötete jede Sinnlichkeit. Karline war froh, zumindest einmal in ihrem Leben eine Ahnung davon erhalten zu haben.

Dergestalt gestärkt von Erinnerungen ließ sich der Alltag wieder eine Weile ertragen. Eine Woche voller: Line, kommst du mal. Line, jemand ist an der Tür. Line, der Aufboden ist unordentlich. Line, ich finde meine Sachen nicht. Manchmal wünschte sie sich das »Line« am Ende ihres Namens fort, das – nicht das energische Károly oder zärtliche Charlie – ihr Spitzname geworden war. Wie wäre ihr Leben verlaufen, wäre der sehnlichste Wunsch ihrer Mutter in Erfüllung gegangen? Wie wäre es gewesen, hätte ein Karl dem König die Hand gegeben?

Nein, dem König wollte sie nur als Frau die Hand gegeben haben. Es war einer der Augenblicke, in dem es sich auszahlte, eine Frau zu sein.

Karline lehnte an der Tür der Sommerküche. Sie hatte das Geschirr versorgt, die Herdplatten gereinigt, das Tischtuch abgezogen. Johann war unterdessen in der Laube eingeschlafen. Ein Schmetterling nahm seinen Bauch als Hügel. Er war dicker, als ein Mensch in dieser Zeit sein sollte, dachte sie. Wer Groll hegt, schluckt Gift und erwartet, dass der andere stirbt – und doch ärgerte sie sich Tag für Tag über Johann, dessen Handlungen und Unterlassungen ein ständiger Unterstrom an Ärger für sie waren. Das Schweigen, das er ihr entgegenbrachte, war wie ein letzter Beweis, dass auch ihm das abhandengekommen war, was sie einmal Liebe genannt hatten.

Zum Glück besaß Karline die Gabe, sich auf andere Gedanken zu bringen. Sie konnte schon vor dem Frühstück an sechs nahezu unmögliche Dinge glauben. Erstens: Johann würde sich ändern. Zweitens: zum Besseren. Drittens: In der Zeitung würde ausnahmsweise einmal etwas Gescheites stehen. Viertens: Sie würde ein Mittel gegen ihre Krampfadern finden. Fünftens: Jemand würde ein Mittel gegen den Kommunismus finden. Sechstens: Eines Tages würde die Monarchie wieder eingeführt werden.

Sie jedenfalls wäre bereit.

Karline löste ihre Schürze, schloss die Sommerküche. Kein Laut drang aus den Gärten, von der Straße, niemand ging spazieren, unterhielt sich, musizierte. Kein Springseil sirrte durch die Luft, kein Ball flog gegen eine Mauer. Die Stille des frühen Nachmittags hatte mit einem Mal etwas Bodenloses. Sollte sie sich in die Laube setzen, auf dem Fotell ausstrecken? Mit der Bügelwäsche anfangen?

Sie beschloss, nach dem Jungen zu sehen. Er musste ein Bad nehmen, bevor sein Vater kam. Karline ging ums Haus, die Stiegen hinauf, durchs Vorzimmer in die Hauptwohnung. Sie schloss eine Schranktür, die sich immer von selbst öffnete, zog einen Vorhang gerade, rief seinen Namen. Er antwortete nicht. Vorsichtig öffnete sie die Tür zum Wohnzimmer, doch er saß weder auf dem Lesesessel noch am Tisch bei seinen Schulbüchern. Auch die Küche war leer. Karline klappte die Fensterläden zu, damit die Hitze nicht ins Haus kam. Dabei dachte sie an den Ausflug, der ihr einmal wieder die Gelegenheit verschafft hatte, ihren Sonnenschirm auszuführen. Zweifellos gehörten zum Leben gewisse legitime Annehmlichkeiten. Dazu zählte ein eleganter Morgenmantel, mit Zimt und Kaffeebohnen angesetzter Nusslikör und im Ruderboot mit Sonnenschirm über den Fischteich dahinzugleiten – während anderen unter der prallen Sonne der Schweiß hinunterrann. Jeder nach seiner Fasson.

Karline hatte ein knöchellanges, geblümtes Kleid getragen, das so lange schon aus der Mode war, dass man es als zeitlos bezeichnen konnte. Sie kleidete ihren Enkel sorgfältig an, bedauernd, dass er noch nicht alt genug war, um Hut zu tragen. Sie hoffte, Hüte würden nie aus der Mode kommen, ein Hut war das unerlässlichste Kleidungsstück des Mannes. Sie fuhren mit dem Bus zum Zoo. Der Junge hatte keine Freude an den Tieren gezeigt; während andere Kinder neugierig vor den Papageien und ehrfürchtig vor den Löwen standen, war sein Gesichtsausdruck immer ernster geworden. Als sie bei den Bären anlangten, fragte er, ob sie wieder gehen könnten. Karline, die den Geruch nach Fell und Kot auch satt hatte, schlug vor, Boot zu fahren. Sie spannte den cremefarbenen, gehäkelten Sonnenschirm auf. Muster aus Licht und Schatten wanderten über ihre Schultern, ihr Kleid. Der Junge ließ eine Hand ins Wasser gleiten und beobachtete den Ruderer. Er hatte Interesse an allem, was sich fortbewegte, Pferdewagen, Traktoren, Züge, Autos, Flugzeuge, und konnte schon früh ausgezeichnet Rad fahren, etwas, das sie bis heute nicht über sich brachte.

Karline ging ins »Dritte Zimmer«, das so hieß, weil es keinen eindeutigen Zweck erfüllte, Hauswirtschaftsraum, Arbeits- oder Gästezimmer war, je nachdem. Sie trat ins Halbdunkel. Auf dem Eichentisch lagen Zeitungsstapel und Bügelwäsche, über den Stuhllehnen Kleidung und Handtücher, die es auszubessern galt: Löcher, abgerissene Schlaufen, klemmende Reißverschlüsse – Knöpfe gab es, außer an Johanns Hemden (was sie ihm insgeheim nicht verzieh), in diesem Haus keine. Dafür trug Karline Sorge.

Neben dem Fenster waren Matratzen aufgetürmt. Sie reichten fast bis zur Decke und stammten aus einer Zeit, als die Feste groß, die Gäste zahlreich gewesen waren. Sie wurden im Raum ausgelegt, der damals noch keinen Eichentisch beherbergte, bis der Boden ein Matratzenlager war, eine Liegestatt, auf der ein Dutzend Menschen schlafen konnten. Zwölf Matratzen, mit seidig glänzenden Schonbezügen; Farben zwischen Mohnrot, Himbeerrosa, Korngelb, Lavendel- und Ritterspornblau. Obenauf musste immer die wassergrüne liegen. Karline wusste nicht, warum. Sie wusste auch nicht, warum die Matratzen noch immer da waren, in so großer Anzahl waren schon lange keine Gäste mehr zu erwarten. Es war ihr nie schwergefallen, für ein Dutzend zu kochen, anders als jetzt, wo sie müde wurde, wenn sie nur darüber nachdachte, was sie im Verlauf der Woche für sich und Johann zubereiten sollte. Vielleicht, weil das Essen länger gedauert hatte als zwanzig Minuten und sich danach niemand wortlos in den Laubenschatten zurückzog und es nie, wirklich nie vorkam, dass sie nicht gelobt wurde für ihre berühmte Hühnersuppe oder ihre Ciorbă de perişoare.

Karline nahm die Blumenmuster des Matratzenturms wahr und die Sehnsucht nach jener Zeit. Die Leute hatten es ausgehalten, in diesem Zimmer zu liegen, mit allen Gerüchen und Geräuschen, den Ausdünstungen, dem Schnarchen. Die Doppelfenster hatten sie immer geöffnet. Auch in der Silvesternacht, der Osternacht, in Geburtstags- und Faschingsnächten. All diese Nächte.

Eigentlich war es keine Frage gewesen, wo der Junge war. Sie hatte nur sichergehen wollen, ihn nicht woanders zu übersehen. Vielleicht aber wollte sie ihm die Freude nicht verderben, eine Weile unentdeckt zu sein. Karline stieg auf einen Hocker und tastete die Matratze ab.

»Was machst du da oben?«

»Ich verstecke mich.«

»Ich habe dich gefunden.«

»Hast du nicht. Es ist ein geheimer Ort.«

Natürlich, Samuel wusste so etwas. Wenn niemand mehr auf diesen Matratzen schlief, sie nichts anderes waren als in der Ecke gestapelte Erinnerung, war dies der abseitigste Ort des Hauses.

Sie hörte das Knistern von Buchseiten. Der Junge verdarb sich noch die Augen mit dem vielen Lesen.

Karline lehnte sich an die Matratzen, ihr Blick schweifte durchs Zimmer, ohne sich an etwas festzuhalten, nicht an den Kanten des Tischs, den aufsteigenden Linien des Schranks oder dem Muster des bestickten Wandbehangs, und hörte auf Samuels Atem. Er erinnerte sie an den Atem ihrer Söhne, wenn es abends darum gegangen war, sie ins Bett zu bringen – drei selten zum Schlafen aufgelegte Jungen. War es Rache an ihrer Mutter, dass sie Söhne bekommen hatte? Drei Söhne mit anständigen Namen: Hannes, Hermann und Günter.

»Erzähl mir von der Transilvania.«

Samuel sah von der Matratze herunter. Karline hob den Blick. Die Lichtschlitze der geschlossenen Fensterläden spiegelten sich in seinen Augen, bildeten eine Linie mit den geraden Brauen. Es herrschte keine Einigkeit darüber, welche Farbe seine Augen hatten. Hellbraun, sagten die meisten, doch Karline, die sich nicht zwischen Gänsegrau und Zimtbraun entscheiden konnte, attestierte ihnen mangelnde Phantasie.

Sie sahen einander an, Karline auf dem Hocker, mit dem Rücken an den Matratzenturm gelehnt, der Junge auf der wassergrünen Matratze, zwei Handbreit unter dem Plafond.

Etwas beschäftigte ihn. Er war immer stiller geworden, je näher die Abreise rückte, was Karline bemerkte, obwohl oder gerade weil er grundsätzlich still war.

»Die Transilvania?«

Der Junge nickte.

Sie hatte ihm diese Geschichte oft erzählt. Ob er die Abweichungen erkannte? Ob er merkte, was sie ausließ, hervorhob, wo sie aus lauter Lust übertrieb? Man musste beim Erzählen aufpassen. Kam man von einer vorgegebenen Spur in ungewisses Fahrwasser, konnte sich noch etwas anderes zu Wort melden, Sehnsüchte, Ängste, Wahrheiten. Sie waren in jene Kammer eingezogen, mit wandernden Türen und trüben Fenstern, und es schien ausgemacht, dass man nichts, am wenigsten Hoffnungen, ein für alle Mal hinter sich lassen konnte.

Karline erwartete das Launische, Unberechenbare, Widersprüchliche geradezu. Die Leute erzählten ihre Geschichten auf seltsam feststehende Weise. Als wären sie genau so passiert. Dabei war, das ahnte Karline, jede Geschichte auf hundert mögliche Weisen passiert, und alle waren gleich wahr und nicht wahr.

Zwei Jahre, bevor der König Karline die Hand gegeben hatte, verführte Johann sie unterm Apfelbaum im Garten ihres Elternhauses. Von der Remise aus war das Haus kaum mehr zu sehen, die Sprossenfenster, die geschnitzte Überdachung der Veranda, der gusseiserne Wetterhahn am Dachgiebel. Er drehte sich nicht. Die Wiese war septemberwarm, die Bäume lagen im Dunkel, nur ein wenig Mondsilber in den Ästen. Etwas Drängendes war in Johanns Küssen, er presste sich an sie, sagte ihr Liebesworte, küsste jede freie Stelle ihrer Haut.

Etwas sprang auf sie über, rückte fort (der Wille, der Verstand?), etwas anderes übernahm die Führung. Sie konnte diesem Etwas nicht Einhalt gebieten, und je länger sie es versuchte, desto unwahrscheinlicher wurde der Weg zurück. Irgendwann verschwanden die Wiesendecke, der Wetterhahn, die Apfellichter, und was an ihre Stelle rückte, waren Empfindungen, die sie vom Wünschen befreiten, vom Denken, Wollen, Sehnen, und sich doch für immer als Wollen und Sehnen festsetzten.

Natürlich unterschlug Karline diese Szene, obwohl die Sache mit der Transilvania eigentlich hier begann. Dieser Akt wurde, gleichsam als stiller Auftakt, in der Kammer der Erinnerung nur für sie gespielt.

Ob du jetzt Apfel sagst oder Ahorn, diese Geschichte gehört sowieso dir, dachte Karline, und verwunderlich ist es allemal, dass sie es beide, Johann und der König, zusammen in einem Raum aushielten.

Karline setzte für ihren Enkel an der Stelle ein, als sie mit ihrer Familie nach Mamaia auf Sommerfrische fuhr. Bei den gepackten Truhen, der Aufregung, die vor der Abreise herrschte, der Zugreise in einem Abteil mit roten Vorhängen und einem livrierten Kellner. Der Arzt hatte ihr von der Reise abgeraten, ihre Schwangerschaft war bereits fortgeschritten, doch sie hatte seine Warnung in den Wind geschlagen (nicht ahnend, dass der Wind sie ihr wieder zurückbringen würde). Die Sehnsucht nach dem Möwenhaus war zu groß.

Sie sagte nichts, als ein ziehender Schmerz im Zug einsetzte, sie sagte auch nichts, als Johann ihr schrieb, er könne nicht nachkommen. Wenn sie ehrlich war, erleichterte sie die Aussicht, einige Wochen für sich zu haben, bevor sie Mutter wurde. Sie saß auf der Terrasse und beobachtete, wie die

Sonne über dem Meer aufging. Sie spazierte mit Emma, Marie oder Auguste am Strand entlang, meist mit Emma, ihrer ältesten Schwester, die sich am besten auf ihr neues Tempo einlassen konnte. Sie frühstückte im Garten unter dem Ahorn. Die filigranen fünfzackigen Blätter rauschten, Blätterhäute bekamen helle Adern, und unendlich langsam wanderte eine Schattenlinie über den Rasen. Die Haushälterin servierte Kaffee, ihr Vater las Zeitung. Ihre Mutter und ihre Schwestern waren wahlweise noch im Bett, im Bad oder ebenfalls (aber selten vollzählig) am Frühstückstisch. Karline war immer als Erste wach, ging barfuß im Morgenmantel über den Rasen und forschte in sich, ob sie eine Vorstellung vom Leben hatte, die ihr mehr entsprach als diese Tage.

Sie war mit ihrem Bauch nicht mehr in der Lage zu schwimmen, sie konnte nicht mehr lange laufen oder in der Sonne baden, aber der Salzgeschmack der Luft war derselbe, die Hitze des Sandes unter den Fußsohlen war dieselbe und ebenso die überraschende Kühle des Wassers, die sie jedes Mal dazu bewog, einige Schritte zurückzuweichen, nur um dann, beglückt von dieser kleinen Verzögerung, weiter in die Brandung hineinzugehen, Welle um Welle.

Karlines Eltern waren zwar nicht glücklich mit der Wahl des Schwiegersohnes (man hatte auf einen der jungen Erben aus dem Freundeskreis gehofft), aber schließlich ließen sich Apfelbaumnächte mit einem Wetterhahn, der seine Aufsichtspflicht verschlief, kaum rückgängig machen. Es gab Tatsachen, die akzeptiert werden mussten. Ein sich rundender Bauch war eine solche Tatsache.

Karlines Familie führte die erfolgreichste Wollwäscherei Siebenbürgens. Der Vater hatte jahrelang mit verschiedenen Verfahren experimentiert, die imstande waren, Wollvliese von Kot, Gräsern und Schweiß zu reinigen. Eine heikle Angelegenheit. Die Wolle vertrug keine extremen Temperaturschwankungen, Verfilzung durch übermäßige Reibung musste vermieden werden. Darüber hinaus sollte im Waschvorgang etwas von dem Wollfett erhalten bleiben. Karlines Vater hatte einen Finger an seine erste Maschine verloren, zwei weitere Finger an seine zweite. Es war eine Kunst, die richtigen Abläufe, Einstellungen, Geschwindigkeiten zu finden, denn das Haarkleid der Schafe war von Höhenlage und Temperatur abhängig, von Ernährung und Haltung der Tiere, und hatte (wie bisweilen auch Menschen) eine stets variable Filzneigung. Böhmische Meskizenwolle brauchte andere Einstellungen als ungarische Zackelwolle oder türkische Karamanwolle.

Karlines Mutter bat ihren Mann, mit dem Experimentieren aufzuhören, denn nach der sich abzeichnenden Gesetzmäßigkeit wären beim nächsten Mal drei Finger fällig. Die Maschine, die er schließlich entwickelte und patentieren ließ, ähnelte immer noch der Leviathan, die es seit achtzehnhundertdreiundsechzig gab. Sie bestand aus einer Waschkufe, in der die vorsortierte Wolle durch eine rotierende Trommel untergetaucht und im Becken hin- und hergeschoben wurde, während eine Gabel rhythmisch in die Wolle stach. Doch während bei der Leviathan ein Rechen die Wolle aus der Kufe hob, um sie in eine neue Waschkufe zu transportieren, dann in eine dritte, möglicherweise vierte, lief der Waschvorgang in der von Karlines Vater entwickelten Maschine in einer einzigen Kufe ab. Das Wasser wurde so lange abgesaugt und nachgefüllt, bis die Wolle sauber war und an der Luft getrocknet werden konnte. Dieses platzsparende Waschsystem ermöglichte die Eröffnung zahlreicher kleiner Betriebe, was viel bedeutete in einem Land, in dem mehr Schafe als Menschen lebten.

Der Vertrieb der »Alles-in-einem-Kufe« hatte, zusammen mit der Spezialisierung auf die Reinigung seidenartiger Lammwolle in einem Betrieb in Heltau, für den Wohlstand der Familie gesorgt. Mit seinen verbliebenen sieben Fingern hatte Karlines Vater eine Villa in der Oberstadt gekauft, das Möwenhaus am Schwarzen Meer und eine Cabana auf der Hohen Rinne – was dazu führte, dass sich bei seinen Töchtern jedes Mal, wenn sie eine Schafherde sahen, ein nicht näher zu bestimmendes Wohlgefühl einstellte, zwischen Rührung, Melancholie und Dankbarkeit. Diese Empfindung hatte sich bei Karline im Laufe der Jahre auch auf den Anblick der Wolken ausgedehnt. Wenn sie die Entmutigung ankam, genügte eine dahinfliegende Wolkenformation, um sie zu trösten.

Wer wollte bestreiten, dass es da Ähnlichkeiten gab?

Karline nahm eine Berührung wahr und hob den Kopf. Der Junge war an den Rand der Matratze gerückt, seine Hand lag auf ihrer Schulter.

»Schafe also«, sagte er und wartete, dass sich die Schafe in ihrer Erinnerung verflüchtigten, eines nach dem anderen, so, wie sich Wolken an einem Sommerhimmel auflösten.

Es war Ende Juni, drei Wochen nach ihrer Ankunft, als das Passagierschiff »Transilvania« im Hafen von Constanţa anlegte. Da Karlines Vater mit der Werft »Burmeister & Wain« in Dänemark geschäftliche Beziehungen unterhielt – die Teppiche auf der »Selandia«, dem ersten hochseetauglichen Motorschiff der Welt, waren aus Heltauer Lammwolle gewebt –, durfte die Familie es zwischen zwei Fahrten besichtigen. Vierhundertzwölf Passagiere fanden auf dem Schiff Platz, das für Kreuzfahrten im Schwarz-, Mittel- und Roten Meer eingesetzt wurde.

Der Seegang war stark, das Radio gab eine Sturmwarnung durch.

»Vine furtuna«, der Sturm kommt, sagten die Fischer.

Dessen ungeachtet hatten die Schwestern darauf gedrängt, das Schiff zu besichtigen. Es lag schließlich im Hafen, fest vertäut, kentern würde es sicher nicht, und etwas Besseres für einen Schlechtwettertag ließ sich kaum denken. Nur Karlines Mutter blieb zu Hause, da sie sich unwohl fühlte oder dies zumindest vorgab, um ihre Ruhe zu haben.

Zuerst sahen sie sich das Oberdeck an, von dem aus man den einzigen Hochseehafen Rumäniens überblicken konnte sowie die Landzunge mit dem ältesten Teil der Stadt. Man sah das Minarett der Moschee an der Piaţa Ovidiu, errichtet neunzehnhundertzehn auf Geheiß König Carols des Ersten (königliche Episoden waren Karline immer bekannt), und das im gleichen Jahr erbaute Casino an den Klippen. Ende des neunzehnten Jahrhunderts hatte auch die deutsche Gemeinde eine Kirche erhalten, zudem eine Schule, die einzige evangelische in der ganzen Dobrudscha – aber jene sah man von hier aus nicht. Auf der anderen Seite der Reling lag die Kaimauer, dann das offene Meer. Marie beugte sich ausgelassen über das Geländer und pfiff ein Lied, was der bärtige Lipowaner, der ihnen als Ivan vorgestellt worden war, barsch unterband.

Ob sie nicht wisse, dass das Pfeifen auf einem Schiff verboten sei. Wer pfeift, ruft etwas herbei, schlimmstenfalls den Sturm, und einen solchen Unglücksraben könne niemand gebrauchen.

Hinter dem grobmaschigen Sicherheitsnetz, das der Kapitän Leichenfänger nannte (was allgemein überraschte, war man doch im Augenblick des Über-Bord-Gehens im besten Fall noch sehr lebendig), baute sich eine grauschwarze Wolkenwand in der Form eines Dreiecks auf. Diese Pyramide hatte die Sonne bereits geschluckt, ein gleißender Schein umgab die Spitze, als die Prozession in den Bauch des Schiffes hinabstieg.

Während die Schwestern Interesse an den Kabinen und dem Speisesaal bekundeten, nach Geschirr und Kristall fragten, setzte sich der Vater durch, der zuerst die Maschinenräume sehen wollte. Der Kapitän ging voraus, und Ivan erklärte mit Sachverstand und in aller Ausführlichkeit die Maschinen. Dann gerieten die Männer in politisches Fahrwasser. Dem Vater zufolge stünden die Deutschen kurz davor, wieder einen Krieg anzufangen.

Die Luft war stickig, das Licht der Lampen grell. Das anfänglich sachte Schaukeln ging allmählich in ein starkes Schwanken über, was Karline zunächst auf die Überklarheit ihrer Sinne zurückführte, die sich am Meer immer einstellte. Sie hielt sich fest und versuchte, das Wogen und Wippen mit weichen Knien auszugleichen. Auguste wurde es schlecht, sie machte sich, mit schlingerndem Gang, auf die Suche nach einer Toilette. Marie folgte ihr kurze Zeit später, Emma war auch blass, blieb aber bei ihr. Karline verlor das Gefühl für Zeit und Raum. Es war nicht das Schwanken, das ihr zusetzte, auch nicht das fehlende Tageslicht, sondern das metallische Scheppern, Dröhnen und Knarren – aus den Rohren drangen Klagelaute, der Boden ächzte, das Schiff wummerte, grollte, und Karline merkte zunächst nicht, wie es auch in ihrem Unterleib rumorte und grollte, dann spürte sie, dass die in Abständen einsetzenden Schmerzen, die sie den ganzen Tag über begleiteten, sich eingeschwungen hatten. Sie spürte etwas Heißes, einen stechenden Schmerz, und dann hörte und spürte sie nichts mehr.

Sie fand sich in einer Kabine wieder, auf der einen Seite des Bettes der Kapitän, auf der anderen Ivan, am Fußende Emma. Gegen die Kabinenwand brandete die Flut, über dem Bett pendelte eine Lampe hin und her. Karline spürte Panik in sich aufsteigen, dann ein Gefühl der Demütigung.

»Sie können nicht aufstehen«, sagte der Kapitän.

»Aber ich will …«

»Ihr Vater holt einen Arzt. Und solang dieser nicht hier ist, bitte ich Sie, tief in den Bauch zu atmen.«

Karline schluckte ihre Widerworte hinunter. So ein Schwachsinn. Ruhig atmen! Rasender Schmerz biss sich durch ihre Eingeweide, sandte Schmerzwellen in den ganzen Körper aus, ihr unterer Rücken schien auseinanderzubrechen. Sie wandte sich zur Seite und erbrach. Kurz darauf entleerten sich ihre Blase und ihr Darm. Emma half ihr mit dem Nachttopf. Karline empfand keine Scham mehr, es gab nichts anderes als die unerbittliche Realität dieser Schmerzen. Das Poltern, Brausen und Rasen des Schiffes war auch ihr Rasen, war ein großes, umfassendes Körpergefühl. *Sie* war das Schiff, auf das der Regen trommelte, gegen das die Wellen peitschten, an dem der Sturm rüttelte, und sie war gleichzeitig selbst der Wind, die Wellen, der Regen, bis sich irgendwann etwas entfesselte, das am Grund des Meeres ruhte und alles ins Chaos stürzte. Eine Welle hob das Schiff empor, irgendwo riss etwas aus seiner Verankerung, ein hoher sirrender Ton löste sich am Oberdeck, sank in den Schiffsbauch und setzte sich in den Gängen fort, ein umherirrendes Echo. Geschirr zerbarst, Gegenstände kippten um, rollten über den Boden, eine Flutwelle klatschte gegen das Bullauge, verfinsterte die Kabine, und Karline schrie.

Als der Vater, völlig durchnässt, gemeinsam mit einem Arzt die Transilvania erreichte, war sein erstes Enkelkind bereits auf der Welt. Es hatte gedauert, bis sie an Bord kommen konnten, eine Welle hatte die Kaimauer überwunden, das Fallreep in seine Einzelteile zerlegt. Sein zu lauter Gruß auf der Schwelle hatte etwas mit dem Anblick zu tun, der sich ihm bot. Gegenstände auf dem Boden, ein zerwühltes Bett, Kot und Erbrochenes, die Tochter schweißnass, der Säugling voller Blut und Maschinenöl.

In Kabine einhundertsiebenundsiebzig, einer Unterkunft der ersten Klasse, deren Bullauge wieder eine ruhige Wasserlinie zeigte, war Hannes zur Welt gekommen. Der Kapitän hatte die Nabelschnur durchtrennt, und weil das Kind nicht schrie, hatte Ivan ihm kopfüber mit Händen voller Schmieröl mehrere kräftige Schläge auf den Hintern versetzt, während er etwas auf Russisch sagte, was wie eine Beschwörung klang. Auguste und Marie waren nicht wieder aufgetaucht. Man fand sie in einer Kabine in der oberen Etage, wo sie sich eingeschlossen hatten. Emma wickelte das Kind in einen Kopfkissenbezug und legte es Karline auf die Brust.

Das Schiff ächzte ein Wiegenlied, der Wind kämmte zahm die Wellen, und ein sachter Regen benetzte Karlines Gesicht, als sie einige Zeit später auf einer Trage aufs Oberdeck gebracht wurde.

Karline war davon überzeugt, dass der Junge sich noch immer auf den Matratzen versteckte, als Hannes eintraf.

»Lass ihn«, sagte sie. »Er taucht von alleine wieder auf, sobald es Zeit zum Abendessen ist.«

Während Hannes mit Johann in den Weinkeller ging, bereitete sie die Pfannkuchen-Füllung vor. Sie rührte Urda, schnitt Dill, vermengte beides, und als sie die erste Kelle Teig in die Pfanne gießen wollte, löste sich ein Geräusch aus ihrer Erinnerung. Das Radio, der Ruf einer Nachbarin über die Mauer hinweg, das Gurren einer Taube – das alles hatte nicht das Öffnen und Zufallen des Hoftors übertönt. Karline hatte dem keine weitere Beachtung geschenkt.

Jetzt klang das Geräusch wie eine Mahnung.

Karline drehte den Herd ab und ging mit plötzlicher Hast ins Dritte Zimmer, schob den Hocker heran, tastete auf den Matratzen nach einem Bein, einer Hand, einem Kopf. Dann stieg sie auf einen Stuhl, um besser sehen zu können. Die wassergrüne Matratze war leer. Nur Buch, Bleistift und Decke waren darauf zu finden. Karline wühlte in der Decke, als könnte der Junge irgendwo noch auftauchen.

»Er ist nicht hier?«

Hannes' Frage war eher eine Feststellung.

Karline, noch immer auf dem Stuhl, schüttelte den Kopf.

Er reichte ihr die Hand. Sie stieg hinunter, kurzatmig, als hätte sie soeben einen Berg bestiegen.

Karline suchte Haus und Garten ab, Johann fragte bei den Nachbarn, Hannes durchkämmte den Spielplatz, lief bis zum Park. Karline zog mit Johanns Hilfe jede einzelne der zwölf Matratzen herunter. Der Junge musste hier sein, irgendwo zwischen Mohnrot, Korngelb und Lavendelblau, es ging nicht anders an.

Dann kam ihr ein Gedanke.

»Wohin gehst du?«, fragte Hannes.

Karline wich seinem Blick aus, der Sorge darin fühlte sie sich nicht gewachsen.

»Ich habe ihm vom Schwarzen Meer erzählt.«

»Dann sollten wir keine Zeit verlieren.«

Johann blieb zu Hause, falls der Junge wieder auftauchte. Hannes wollte mit dem Rad fahren. Karline weigerte sich, auf dem Gepäckträger Platz zu nehmen (»Wenn ich Rad fahre, sterbe ich«, sagte sie), bis Hannes drohte, ohne sie loszufahren.

Als die Frau am Bahnhofsschalter sagte, dass der einzige Zug zum Schwarzen Meer schon um sieben Uhr morgens gefahren war, gaben Karlines Beine vor Erleichterung nach. Sie nahm auf einer Bank Platz. Ihr Körper war ganz steif von der Fahrt, auf der ihr zum ersten Mal eingeleuchtet hatte, warum das Viertel am Bahnhof »Jenseits« hieß.

Ein Junge, zusammengekauert im Gepäcknetz eines Zugabteils – dieses Bild hatte sich in ihr festgesetzt, unbeeindruckt von der Tatsache, dass Samuel dafür längst zu groß war. Früher, dachte sie, und dieses Wort tat weh, weil das Später so ungewiss war, wollte er nie auf den Sitzen Platz nehmen, wenn sie ihn in den Ferien aus dem Banat abholte. Sie nahmen zumeist den Orient-Express, der Wien und Bukarest miteinander verband und gegen Mitternacht in Arad hielt. Karline legte ihren Mantel im Gepäcknetz aus, Samuel rollte sich auf diesem Logenplatz zusammen, lauschte dem Takt der Schienenfugen auf den Rädern, den Gesprächen im Abteil, während vor den Zugfenstern Felder vorbeizogen, in denen Telefonmasten wie umgedrehte Heugabeln steckten. Meist war er noch vor Deva eingeschlafen.

»Und jetzt?«

»Suchen wir weiter«, sagte Hannes.

Sie fragten auf dem Bahnhofsvorplatz nach einem Jungen mit aschblondem, welligem Haar, geraden Augenbrauen (da sie sich über die Augenfarbe nicht einigen konnten, blieb sie unerwähnt), kleinen Ohren, schlaksig, etwa so groß – Karline zeigte an ihren Hals, Hannes an seine Brust. Sie fragten Bahnwärter, Kutscher, Taxifahrer, Reisende. Samuel, hatte es den Anschein, war nicht hier gewesen. Da sprach sie ein Purligar an, einer der Obdachlosen, die in der Bahnhofshalle schliefen.

Karline wich einen Schritt zurück. Misstrauisch betrachtete sie den unrasierten Mann, seine abgerissene Jacke und Hose.

»Hab so einen Jungen gesehen. Er ist mit einem Bauern Richtung Heltau gefahren. Ist jedenfalls auf einen Heuwagen gestiegen.«

Der Mann hielt ihnen die geöffnete Hand hin.

»Damit ich mich auch nächstes Mal so gut erinnern kann.«

Hannes gab ihm einige Münzen. Sie ließen das Rad stehen und nahmen ein Taxi nach Heltau. Als sie ankamen, prägte sich bereits das Fogarascher Gebirge gegen den Abendhimmel wie eine verblassende Tuschezeichnung, grau auf dunkelblau.

Hannes schlug vor, sich aufzuteilen. Er wollte die Felder absuchen, Karline sollte beim Pfarrer vorsprechen. Möglicherweise hatte jemand Samuel gesehen. Karline widersprach, sie kannte die Felder besser, Hannes sollte zu seinem Kollegen gehen. Da sie sich nicht einigen konnten, setzten sie die Suche gemeinsam fort.

Karline fragte, warum Samuel nicht zur Schule wolle.

»Niemand will nach den Sommerferien zur Schule.«

Karline gab sich mit dieser Antwort nicht zufrieden.

Die Schule sei das denkbar absurdeste System, um Kinder auf das Leben vorzubereiten, sagte Hannes. Allein wie sie in militärischen Reihen an Tischen stillsitzen mussten, während der Vormittag in jenen willkürlichen Stundentakt eingeteilt war. Neugier, Forschergeist, alles, was Kinder natürlicherweise mitbrachten, wurde ihnen ausgetrieben. Fehler machen zu können, herauszufinden, was man gut konnte, erfahren, wer man sein wollte, jenseits von überkommenen Bildern – nichts davon war in der Schule wichtig. Es sei ein starres, totalitäres System, das, wie alle Systeme, irgendwann gegen statt für den Menschen arbeitete.

»Was schlägst du stattdessen vor?«, fragte Karline.

»Mut für etwas Neues: Tische fortschaffen, die klassischen Fächer auflösen und all jene entlassen, die keine anderen Ideen haben als Aufgaben und Strafen verteilen.«

Karline hielt das für wenig realistisch.

Utopien seien nicht dazu da, erfüllt zu werden, sondern die Richtung vorzugeben, entgegnete Hannes. Sollte an dem unsinnigen, nicht zu reformierenden Schulsystem festgehalten werden, würde es nie eine Gesellschaft geben, die auf etwas anderes aus sei als den eigenen Vorteil. Einzelne wurden belobigt, andere, die Mehrheit, tauchten in der Masse unter. Und jemand wie Samuel würde von der ersten bis zur letzten Klasse unter der Schule leiden.

»Florentine sollte sich besser um den Jungen kümmern«, meinte Karline.

»Es ist nicht ihre Schuld«, sagte Hannes, »er ist ein Einzelgänger.«

»Für jeden gibt es einen Platz. Für Einzelgänger, Träumer …«

»Das musst du ja am besten wissen.«

Sie waren inzwischen bei den letzten Häusern Heltaus angekommen.

Obwohl Karline wusste, was kam, traf sie der Anblick.

Hinter dem Eisentor verfallene Hallen, Unkraut auf den Dächern. Jemand sammelte ausrangierte Reifen auf dem Vorplatz. Der Haupteingang zur Wollwäscherei war mit Brettern zugenagelt. Eine Seitentür ging auf, ein Mann querte den Vorplatz, auf dessen Anzug sich helle Wollfäden abgesetzt hatten, eine Hand zum Gruß an den Pförtner gehoben – die rechte, an der noch drei Finger waren. Karline sah Ballen flaumiger Wolle über den Boden der Wollwäscherei rollen und spürte bei dieser Erinnerung so etwas wie Glück.

Es war eine Zeit gekommen, da ihre Mutter froh gewesen war, keine Söhne zu haben. Dann wiederum eine Zeit, in der es gleichgültig war, ob man Söhne oder Töchter hatte; und es war ein Wunder, wie aus dem Nichts, vor dem die Familie nach der Enteignung gestanden hatte, wieder etwas geworden war, das man Leben nennen konnte.

Hannes fragte, ob sie auf dem Gelände nachschauen sollten.

Karline schüttelte den Kopf und ging voraus.

Die Wiesen waren gemäht, die Berge matt wie dunkles Glas. Wind löste Stroh von den Diemen, verfrühtes Laub aus Erlen und Robinien.

Hannes schlug den Kragen seiner Jacke hoch.

»Sind hier irgendwo Schafe?«, fragte Karline – dann sah sie es auch. Stare flogen auf, ein pulsierender Fingerabdruck in der Luft, dahinter eine Herde, die sich auf den Hügeln Richtung Michelsberg verteilte.

Sie rannten darauf zu, bis Karline Seitenstechen bekam.

Eine alte Frau eigne sich nicht für solche Abenteuer, sagte sie und blieb an einer Erle zurück.

Was, wenn Hannes den Jungen nicht fand? Wenn sie auf der falschen Fährte waren? Wo würden sie noch suchen können? Was hatte sie Samuel noch erzählt? Karline sah über Felder, Berge, die Silhouette der Stadt, doch erst allmählich bildete sich eine Ordnung, wurde das Panorama zu etwas, das sie kannte.

Wie weit entfernt alles war.

Oder war sie entfernt von allem?

Es gab Sehnsucht nach etwas, das verloren war, Sehnsucht nach etwas, das sich nicht erfüllt hatte, Sehnsucht danach, etwas zu finden, und manchmal auch danach, etwas zu verlieren – und es bleibt immer etwas übrig, das du dir vorwerfen kannst, dachte Karline. Sie dachte an Apfelbaum, Ahorn und Möwenhaus. An die kleine Wohnung, die ihnen nach dem Krieg zugewiesen worden war und in der sie zu fünft auskommen mussten. Emmas Tod, den Verlust der Eltern. Die Jahre in der Knopffabrik, Johanns Schweigsamkeit. Karline dachte an ihre Söhne, an die Ehen, die sie führten und sie von ihr entfernt hatten; besonders Florentine war eine Schwiegertochter, zu der sie keinen Zugang fand. Sie hatte Hannes von dieser Verbindung abgeraten, sogar an einem Abend seine Schuhe versteckt, in der Hoffnung, ein Treffen zu verhindern. Es hatte nichts gebracht.

Vielleicht wäre es besser, die frühen, glücklichen Erinnerungen nicht zu haben. Vielleicht wäre es ohne überhaupt nicht zu ertragen.

Als sich ein großer und ein kleiner Schatten aus der Schafherde lösten, diese Schatten größer wurden, Beine und Arme bekamen, Gesichter, als Karline einige Schritte ging, dann rannte, wünschte sie, dass das Leben des Jungen andersherum verlaufen würde.

Das, was kam, musste besser sein als das, was war.

»Es tut mir leid«, sagte Samuel.

Karline drückte ihn an sich. Hannes war blass, doch er lächelte. Sie gingen übers Feld, Karline nahm die eine Hand des Jungen, Hannes die andere. Ein Nachbar des Pfarrers brachte sie mit dem Pferdewagen zurück nach Hermannstadt.

»Ich will Schäfer werden«, sagte Samuel auf der Fahrt.

»Du kannst später alles werden«, antwortete Karline.

»Nur nicht Fischverkäufer«, meinte Hannes, »das würde deiner Mutter nicht gefallen.«

Ein Mensch in meiner Lage hat keine Biographie im eigentlichen Sinne, soll König Michael einmal gesagt haben.

Er regierte für kurze Zeit als Fünfjähriger, wurde von seinem Vater Carol dem Zweiten abgelöst, und bestieg neunzehnhundertvierzig erneut den Thron. Er leistete Widerstand gegen die Sowjetisierung Rumäniens, gegen die Deportation der deutschen Bevölkerung zur Zwangsarbeit, wurde zum Verlassen des Landes gezwungen und hielt sich, soweit Karline wusste, in der Schweiz mit Geflügelzucht und als Testpilot über Wasser. Jedes Jahr zu Weihnachten wandte er sich über »Radio Freies Europa« an die rumänische Bevölkerung.

Er wandte sich an sie.

Karline fand in dieser Nacht keinen Schlaf. Neben ihr lag Johann, ein Zimmer weiter schliefen Hannes und Samuel, auf der korngelben und der wassergrünen Matratze. Die Pfannkuchen hatte es erst um Mitternacht gegeben. Käsefüllung für die Erwachsenen, Zucker und geriebene Nüsse für den Jungen. Das Fahrrad stand noch am Bahnhof – oder war längst fort. Sie erhob sich, zog ihren Morgenmantel an, schenkte sich in der Küche Nusslikör ein und trank ihn, an die Fensterbank gelehnt, in kleinen Schlucken.

Das, was einmal war, hat ein Anrecht auf dich, dachte Karline und schloss die Augen. Die Vögel hoben an, das Schloss Peleş lag in der Morgensonne, das Lächeln des Königs war nur eine Ahnung, es dauerte bis heute an. Das Licht hielt ihn fest, die Wärme jenes Tages, der Duft der Kastanien und Tannen. Karline war jung, König Michael war jung und noch schöner als auf den Fotografien, die sie von ihm kannte. Karline aß einen Maiskolben mit Salz, viel Salz, das ihr auf den Lippen brannte. Ein Mann führte einen Bären an der Leine. Hunde bellten. Die Limousine neben dem Lieferwagen des Vaters hatte eine Krone auf dem Nummernschild. Die Statuen vor dem Schloss waren voller Moos. Eine Figur hielt einen Krug auf Hüfthöhe, es sah aus, als kippte der Krug, als merkte sie nicht, wie das Wasser austrat, eine Welle, für immer gebannt, wie auch Karline für immer in diesen Augenblick gebannt war. Die Lippen taub vom Salz, ihre Hand von der Hand des Königs umschlossen.

Als er fort war, hatten sie sich auf einer Wiese im Schatten ausgeruht, eine Frühlingswiese mit Löwenzahn und Schleierkraut.

Der König war fort und gleichzeitig nicht fort, denn Karline hatte angefangen, ihn zu erfinden.

Windwanderer

Die Blechwanne war nicht mehr groß genug. In diesem Jahr lugten die Knie wie kleine Inseln aus dem Wasser hervor. Das Brunnenwasser war über den Tag warm geworden. Sie hatte die toten Mücken abgeschöpft, den Sand von den Füßen geklopft, die Kleider über einen Stuhl gelegt, dem ein Bein fehlte. Sie war ins Wasser gestiegen, gesunken, bis die Wasserlinie zum Kinn reichte. Hatte die Beine durchgebogen, und dann, weil sie merkte, dass dies nicht ging, auf dem Wannenrand ausgestreckt. Sie wackelte mit den Zehen. Wenn die Traurigkeit in der Brust wohnt, dann steckt die Lustigkeit in den Zehen. Alles hat im Körper einen festen Platz, dachte Stana, und arbeitete an der Vervollständigung dieser Landkarte.

Sie mochte ihren Unterwasserkörper. Die Oberschenkel fühlten sich glatt an, die Brüste fest. Das Haar war weich, verschwunden die Kratzer und Unreinheiten. Sie strich über den Bauch, über die Rippen bis zum Hals, schloss die Augen. Schwalben schwatzten in der Silberpappel – oder war es nur eine? Eine Schwalbe konnte klingen, als wären es zwei, im ewigen Zwiegespräch mit sich selbst.

Niemand konnte Stana sehen. Die Mauern zu den Nachbarn waren hoch, allein ein kleines Dachfenster ihres eigenen Hauses zeigte zu ihr. Doch auf dem Dachboden war keiner, nur im Herbst, wenn Nüsse ausgelegt wurden oder wenn die Mutter etwas suchte, das sie beim Umzug aussortiert hatten und das wieder in den Hausstand überführt werden sollte: eine holprig laufende Kaffeemühle, eine zu laut tickende Uhr, hoffnungslos verknotete Schnürsenkel.

Stana hatte den Moment abgepasst, da ihr Vater aus dem Haus war. Manche andere Väter gingen am Morgen zur Arbeit und kamen erst am Abend wieder. Andere wiederum, die meisten, arbeiteten auf dem eigenen Hof. Sie wünschte sich Ersteres. Einen Vater, der tagsüber fort war, der nicht einfach auftauchen konnte, wenn sie gerade mit ihrer Mutter Kartoffeln schälte und lachte (was er immer auf sich bezog), der nicht einfach in der Tür stehen konnte, wenn sie auf dem Bett lag und las (was ihr als Faulheit ausgelegt wurde). Vielleicht war ihr das an ihm am meisten zuwider, seine ständigen Bewertungen – selten welche, die ihr oder ihrer Mutter schmeichelten. Alles, was geschah, war nur als Reaktion auf ihn denkbar. Blickte jemand zu Boden, dann weil er ein schlechtes Gewissen hatte; sah ihm jemand in die Augen, wertete er es als Provokation; tuschelten die Leute in seiner Gegenwart, dann nur, weil sie ihn hintergingen; schwieg jemand, dann aus purem Missfallen. Sein Leben bestand aus Argwohn und Unversöhnlichkeit, unterbrochen von Augenblicken der Ruhe oder etwas, das dem nahe kam, vielleicht Gleichgültigkeit. Es war ihr, als stünde er neben der Wanne, starrte auf ihren hellen, dünnen Körper, verschwommen unter der Wasseroberfläche. War da nicht ein Geräusch gewesen? Stana schreckte auf. Wasser schwappte über.

Baumschatten zogen sich über den Hof. Eine Maus querte

die Wiese und verschwand im Schuppen. Das Gemüsebeet lag in der Sonne, Paprika reiften neben Tomaten, grüne Bohnen neben Zucchini, Wassermelonen lagen auf der Erde. Sie waren so groß, dass sie ins Haus gerollt werden mussten. Stana würde mit dem Badewasser die Gießkanne befüllen und, sobald der Schatten des Nachbarhauses den Hof traf, die Beete gießen; Vinete und Tomaten nur von unten, an den Wassermelonen klopfen, auf den dumpfen, hellen Klang horchen, der verriet, wann sie reif waren. Ihre vorherige Wohnung hatte nur einen Balkon, hier war Stana als neue Aufgabe der Garten zugefallen, was sie mochte, viel mehr als ihre Zuständigkeit für die Wäsche.

Doch bevor ihre Abendroutine beginnen würde, holte sie Luft, zog die Beine an und tauchte. Unter Wasser öffnete sie die Augen. Alles, was sie sehen konnte, war unverstelltes Blau, alles, was sie hören konnte, war der Klang der Wanne, ein Echo ihrer Bewegungen. Dann sah sie ein Gesicht über dem Wasser. Aschblondes, welliges Haar, gerstenfarbene Augen und schnurgerade Augenbrauen.

Die Scham brannte noch in ihrem Magen, als sie zu Bett ging. Sie hatte wortlos zu Abend gegessen, war weder auf die fragenden Blicke ihrer Mutter eingegangen noch auf die Bemerkungen ihres Vaters, die, wie jeden Abend, mehr oder weniger ausgesprochenen Tadel enthielten. Sie hatte die Beete bewässert, den Trog zur Seite gekippt, um den Rest auszuschütten, der hohe, blecherne Laut, der dabei entstand, klang wie ihre Wut.

Es hatte sie all ihre Selbstbeherrschung gekostet, sich in der Wanne aufzurichten und dabei zu bedecken, was wenige Augenblicke zuvor unverhüllt gewesen war. Sie hatte zunächst kein Wort herausgebracht. Er auch nicht. Aber sie konnte sehen, wie unsicher auch er war, überrascht, verlegen und kurz davor, wortlos zu gehen.

»Dreh dich um«, sagte Stana.

Er drehte sich um.

Sie erhob sich aus der Wanne, wickelte sich in ein Handtuch und nahm auf dem dreibeinigen Stuhl Platz, was sie sofort bereute, weil er, wie vorauszusehen war, wackelte – was ihr noch mehr Mühe abverlangte, nicht auch noch den letzten Rest Selbstsicherheit zu verlieren.

Eine Raupe kroch den Wannenrand entlang. Ihr grüner Körper schien durchsichtig. Ein Falter kämpfte gegen das Ertrinken.

»Was machst du hier?«

Samuel wandte sich ihr wieder zu. Richtete den Blick starr auf ihr Gesicht. Nicht auf das Handtuch, das sie fest umschlungen hielt, nicht auf ihre Beine, auf denen Wassertropfen schimmerten, nicht auf die Rinnsale aus dem am Hals klebenden Haar.

»Sana, ich wollte nur …«

Es war offensichtlich, wie verlegen er war. Ihm verlangte diese Situation mehr ab als ihr, obwohl sie diejenige war, die nackt am Wannengrund gelegen hatte und jetzt mit aller noch aufzubringenden Würde auf einem dreibeinigen Stuhl herumwackelte.

»Lass uns ein andermal sprechen«, sagte sie und rettete den Falter mit der hohlen Hand.

Er schritt so rasch über den Hof, dass es gerade noch als Gehen und nicht als Rennen durchging, als hätte er nur darauf gewartet, endlich von ihr erlöst zu werden.

Noch im Bett konnte Stana kaum an etwas anderes denken.

Ihr Zimmer zeigte zur Straße, vereinzelt waren Schritte zu hören. Die Scheinwerfer eines Autos suchten die Wände ab, dann wurde es wieder dunkel. Was hatte er sich dabei gedacht, er musste doch ihre Kleider über dem Stuhl gesehen haben. Hatte er angenommen, sie trage ihren Badeanzug wie an der Marosch? Wollte er sie erschrecken? Er hatte sich nicht gerührt, sie angesehen wie etwas Fremdes – dabei gab es niemanden, dessen Gesicht ihr so vertraut war wie seines. Es hatte nie eine Zeit ohne Samuel gegeben. Sie hatten die Abende unterm Küchentisch verbracht, wenn ihre Eltern Karten spielten. Hatten aus Decken und Kissen eine Höhle im Wohnzimmer gebaut und die Erwachsenen davon zu überzeugen versucht, dies sei künftig ihre Wohnstatt; durch die Öffnung könne Essen gereicht werden, für einen Nachschub an Spielsachen müsse gesorgt werden, Körperhygiene sei zu vernachlässigen.

Mit Samuel war sie auf Eseln geritten, hatte Schafe gehütet. Sie scheuten kein Risiko: Schnitten Grimassen und tranken Wasser vor dem Essen, auch wenn es hieß, dass das verzerrte Gesicht für immer so bleiben würde, wenn die Kirchturmuhr schlug, und sich Frösche im Bauch bildeten, wenn man zu viel trank. Samuel hatte ihr die Angst vor dem Wasser genommen, nach einem Kurs in Arad, wo der Lehrer sie mit einem nachlässig aufgeblasenen Schwimmreifen ins Becken gestoßen und gesagt hatte: Jetzt schwimm! Das sei eben die Praxis, wurde Stanas Mutter belehrt, die jedes Mal ein weinendes Kind abholte. Wenn sie ein Hasenherz heranziehen wolle, dann könne sie ihre Tochter gern aus dem Kurs nehmen. Und weil Stanas Eltern nicht schwimmen konnten und niemand, am wenigsten ihr Vater, ein Hasenherz heranziehen wollte, wurde Stana nicht aus dem Kurs genommen.

Das Wasser trägt dich, hatte Samuel gesagt, du musst dich nur leicht machen.

So leicht wie der Flugschirm eines Löwenzahns?

So leicht wie ein Ahornblatt-Propeller?

Ja.

Stana lernte von den Windwanderern, lernte, nicht gegen das Wasser zu kämpfen, auch, gegen den Vater nicht zu kämpfen. Nicht bei jeder Gelegenheit, nicht immer. Samuel hatte ihr beigebracht, wann sie den Blick abwenden und wann sie ihm standhalten musste. Einem wild gewordenen Pferd siehst du nicht in die Augen, einem kampflustigen Hund dagegen schon – beiläufig, ohne zu starren, damit er sich nicht bedroht fühlt, aber so, dass er deine Stärke wahrnimmt.

Die Pferde- von den Hundetagen zu unterscheiden wurde ihre Aufgabe. Manchmal ging es schief, manchmal war es unmöglich vorauszusehen, was ihren Vater reizte. Etwa, als er sie im Winter hinausgeschickt hatte, weil die Wäsche falsch herum aufgehängt worden war. Es hatte Frost gegeben, und seine Unterwäsche, die Hemden und Hosen waren gefroren. Er hatte ihr mit einer beiläufigen Geste gezeigt, was geschehen würde, sollte die Wäsche brechen, und so dauerte es fast eine Stunde, bis sie – vorsichtig, mit steifen Fingern – jedes einzelne Wäschestück ab- und wieder aufgehängt hatte.

Den Hosenbund nach unten, die Hemdkragen ebenfalls, es sah sonst aus, als hinge der Mensch an der Leine, sagte er, als hinge er dort draußen an der Leine.

Das waren Dinge, von denen nur die Mutter wusste, aber auch wenn Stana ein zugeschwollenes Auge hatte oder eine aufgeplatzte Lippe, taten alle, als wäre nichts aufgeplatzt, nichts geschwollen. Türen waren im Weg, Gegenstände, an denen man sich stoßen konnte. Ein launenhaftes, unzuverlässiges Mobiliar, das ein Eigenleben führte und so schnell vor Stana auftauchte, dass sie nicht ausweichen konnte. Manchmal lief Stana mit Absicht vor aller Augen gegen einen Türrahmen. Sie fand, sie machte das gut.

Samuel konnte sie nicht täuschen. Unter seinem Blick wurden die Dinge zu Stein. Er konnte sie festhalten oder verschwinden lassen, je nachdem. Samuels Augen waren im Sommer von der Farbe reifer Gerste, im Herbst kippten sie ins Bernsteinfarbene, diesen Vergleich zog Stana, seit ihre Mutter ihr einen Anhänger aus Bernstein zu ihrem vierzehnten Geburtstag geschenkt hatte.

Wenn sie nachdachte, wo Samuel in ihrem Körper wohnte, stellte sie fest, dass er inzwischen überall war. Sie fühlte ihn in den Fingerspitzen, in der Kraft ihrer Schultern. Mitten in der Brust hatte er einen weiten Raum eingenommen, in ihren Bauch sandte er ein leichtes, auffliegendes Gefühl. Neuerdings gab es eine Verbindung zwischen der Herzgegend und ihrem Unterleib, ein heißes, wirbeliges, ganz und gar beunruhigendes Gefühl. Sie zog die Decke bis unters Kinn. Samuel hatte, ohne es zu wissen, die Landkarte ihres Körpers für sich eingenommen, und wenn es etwas gab, wofür sie an diesem Abend dankbar war, dann, dass dieser Atlas unsichtbar war.

Es war Sonntag. Stanas Familie besuchte, wie viele Slowaken, die evangelische Kirche. Ihre Mutter, weil es ihr ein Bedürfnis war, ihr Vater, weil er dabei die Leute ausspionieren konnte.

Konstanty Novac war verstimmt. Es war eine kurze Nacht gewesen. Abends um elf hatte man ihn aus dem Bett geholt. Stana verhielt sich still. Sie konnte sich lautlos über den Korridor bewegen, nahezu ohne ein Geräusch zu verursachen in der Küche hantieren, sie konnte mit einem Mal so tun, als gäbe es keine Türen, Fenster und sonstige Gegenstände, die ihr bei anderen Gelegenheiten einen Streich spielten, die einen Klangkörper hatten, raschelten, hallten, knallten, krachten. Eine Welt aus Watte, weißer, dämmender, unsichtbarer Watte, immer zur Verfügung, immer in der Hosentasche.

Malva, ihre Mutter, kannte keine Watte.

Sie wusch sich die Haare, ausgiebig, trödelte seit einer halben Stunde im Badezimmer. Sie tat, als wäre das Bad nicht mit anderen zu teilen, als gäbe es keine festgesetzte Zeit, zu der sie das Haus verlassen wollten – möglichst angezogen, möglichst gewaschen, möglichst gekämmt. Sie reagierte nicht, als Stanas Vater sie aufforderte, die Tür aufzumachen, auch nicht, als er daran rüttelte. Es war allen dreien klar, was kommen würde. Zorn stieg in Stana auf, nicht gegen den Vater, gegen ihre Mutter, die es nicht lassen konnte, ihn zu provozieren.

Die Badezimmertür öffnete sich. Stanas Mutter trat heraus, mit frisch gewaschenen Haaren, die ihr krauslockig auf die Schultern fielen (es brauchte Zeit, diese Locken zu bändigen, dachte Stana, das muss er doch sehen), mit roten Lippen, in ihrem grauen, plissierten Sonntagskleid. Sie wirkte entschlossen und zugleich abwesend, wie jemand, der eine Rolle einstudiert hat. Er schlug ihr ins Gesicht. Sie taumelte, hielt die Hand vor den Mund, ging zum Fenster, nahm einen Spiegel und zog den Lippenstift nach. Die Badezimmertür schlug hinter Konstanty zu. Man hörte gurgelnde Geräusche, das Rauschen des Wasserhahns, die Toilettenspülung. Stana sah im Handspiegel ihrer Mutter, dass deren Augen voller Tränen waren. Aber keine einzige davon rollte über ihre Wangen. Malvas Augen waren wie das Regenfass im Garten, randvoll, und doch mit der Fähigkeit, auch nach starkem Regen nicht über die Kante hin auszulaufen. Eine gebogene, elastische Wasserhaut.

Sie würde sich umdrehen, Stana fragen, ob sie fertig sei, mit einer Stimme, die sie meinte und doch haarscharf verfehlte. Er würde aus dem Bad kommen, sich die Krawatte umbinden lassen, zu viel Rasierwasser, zu viel Heiterkeit. Sie würde sich, die Handtasche im angewinkelten Arm, bei ihm einhaken, und beim Betreten der Kirche würde er ihre Hand nehmen, wie jeden Sonntag. Und nur, wer genau hinsah, aber das tat niemand, konnte sehen, dass die eine Wange von Stanas Mutter röter war als die andere.

Vielleicht, möglicherweise, Florentine.

Der Gottesdienst begann mit Eingangsspruch, Bittruf und Lobpreis. Dann folgten Schriftlesung und Predigt. Stana sah zur ersten Reihe. Samuel saß mit rundem Rücken in der Kirchenbank, Florentine blickte immer wieder zur Kirchendecke aus Sternen, die ihr mehr von der Gegenwart Gottes vermittelte als jedes Bibelwort. Die Liturgie sollte in dieser Kirche nicht im Sitzen, sondern im Liegen abgehalten werden, warum sonst gäbe es das Wunder dieses Sternenhimmels. Solche Dinge wagte Florentine zu sagen, auch ihrem Mann gegenüber, der jetzt im Talar auf der Empore stand.

Stana liebte Samuels Mutter. Den Geruch von Rosen, den sie an sich trug, weil sie getrocknete Rosenblätter zwischen ihre Wäsche legte (zu Samuels Zitronenmelisse, zu der ihres Mannes Lavendel). Ihre Art zu sprechen, ihre Art zu schweigen, ein Stillsein, das auch Samuel auszeichnete, die Fähigkeit, das Wesentliche mit den Augen zu sagen. Sie mochte, wie Florentine ihren Haushalt führte. Einiges durfte liegen bleiben, der Staub, das Geschirr, anderes war genauestens geregelt, der Garten, die Wäsche. Wenn Florentine bügelte, trat sie in den Hof, wirbelte mit ausgestrecktem Arm das Eisenschiffchen in der Luft, um die Glut zu beleben – aus Furcht, im Haus könne ein Funke überspringen. Sie kontrollierte mehrmals vor Verlassen der Küche, ob der Herd aus war und die Kerzen, die nie angezündet worden waren. Sie kochte ihre Wäsche im Garten, legte die Teppiche im Winter auf den Schnee, damit sie sich selbst reinigten, während andere sie mit dem Pracker ausklopften.

Als Samuel und sie noch Kinder waren, hatte Florentine sie im Zuber im Pfarrgarten gebadet und anschließend abgetrocknet, so vorsichtig, als wären sie aus Glas. Stana hatte zuerst den einen, dann den anderen Fuß auf den Wannenrand gehoben, und Florentine hatte jede Zehe abgetrocknet, jeden Zwischenraum, fünf Zehen, vier Zwischenräume, mit einer Aufmerksamkeit, Zuwendung und Hingabe, in der Stana die Größe ihrer Liebe erkannte. Noch heute, wenn sie sich abtrocknete, gedankenlos, ohne besondere Zärtlichkeit, die Füße zuletzt und nur oberflächlich, durchfuhr sie die Erinnerung, zehn Zehen, acht Zwischenräume, und sie spürte beim Verlassen der Wanne, dass sie sich etwas schuldig geblieben war.

»Lohnt es zu kämpfen?«

Samuels Vater hielt in seiner Predigt inne, ließ seinen Blick über die voll besetzten Kirchenbänke wandern, und es war, als ruhte sein Blick länger auf der Bank, in der Stanas Familie saß. Etwas hatte sich gedreht, während sie in Gedanken war, etwas hatte sich verändert.

»Alle religiösen Führer bestärkten den König in seinen Plänen gegen Babylon. Uns kann nichts passieren, Gott ist mit uns, sagten sie. Nur ein Prophet in Jerusalem, Jeremia, warnte vor einem Krieg gegen Babylon und zog sich den Hass der

Mächtigen und Priester zu, denen es schließlich gelang, ihn ins Gefängnis zu werfen. Dort besuchte ihn der König. – Gibt es ein Wort des Herrn?, wollte er wissen. Er erwartete Orientierung, ein tröstendes Gotteswort. Doch Jeremia sagte: Du wirst dem König von Babel in die Hände fallen. Gott wird dich nicht erretten.«

Der Pfarrer klappte die Bibel zu, langsam, als müsste er seine nächsten Worte abwägen.

»Jeremia hatte keine Angst vor der Strafe des Königs. Er war bereit, die Wahrheit zu sagen.«

Samuels Rücken war jetzt gerade, Florentine sah nicht mehr zu den Sternen. Stanas Mutter versteifte sich. Alles war unbewegt, niemand blätterte im Gesangbuch, flüsterte, hustete. Mit jedem Atemzug dehnte sich die Stille im Kirchenraum weiter aus.

»Gott ist nicht nur ein Gott der Nähe, sondern auch ein Gott der Ferne, dem Unehrlichkeit und Heuchelei nicht entgeht. Er kann sich von seinem Volk abwenden. Wenn ihr nicht glaubt, werdet ihr nicht bleiben, das will uns Jeremia heute sagen.«

Samuels Vater breitete die Arme aus. Das Orgelspiel hob an. Es wurde gesungen. Laut, lauter als die Lieder davor.

Nach dem Schlusssegen wurden die Kirchgänger am Portal verabschiedet. Stana sah, dass nur ihre Mutter dem Pfarrer die Hand gab. Jetzt würde wieder eine Zeit kommen, in der die Whist-Abende aussetzten. Eine Zeit, in der die Leute zwar keinen Bogen um ihren Vater machten, aber doch in sicherem Abstand blieben, Tage, Wochen, in denen Malva Florentine heimlich traf, bis irgendwann so viel Zeit vergangen war, dass gegenseitige Besuche erneut möglich waren.

Florentine und Samuel warteten unter einer Kastanie.

Stana ging mit ihrer Mutter auf sie zu und fühlte sich, als müsste sie noch immer ihr Gleichgewicht auf dem dreibeinigen Stuhl halten.

Florentine schloss Stana zur Begrüßung in die Arme.

Die Frauen sprachen über irgendetwas.

Stana sah konzentriert an allen vorbei, bis es Zeit war zu gehen.

»Königskinder?«, flüsterte Samuel. »Morgen Nachmittag.«

Stana nickte.

Niemand, außer ihm, hätte es wahrnehmen können.

Die Weizenfelder waren abgeerntet, der Mais stand noch. Die Ebene reichte so weit man sehen konnte. Der Himmel beanspruchte den größten Raum, ohne Widerspruch von Bergen und Wäldern. Wie eine Ader schlängelte sich die Marosch durchs flache Land.

Stana ging durchs Maisfeld. Es war verboten, doch wer hielt sich daran? Nichts kam an einem heißen Tag der Kühle gleich, die sich zwischen den langen Pflanzreihen einschloss. Über die Hälfte des Weges zum Fluss konnte so zurückgelegt werden. Im Schatten, sagten die Erwachsenen. Unter Kukuruz-Kapitellen, sagten Stana und Samuel, seit sie das Wort in einem Architekturführer gelesen hatten.

Samuel wartete abseits der Stelle, wo alle badeten, weil die Böschung flach war. Alte Frauen in Badekitteln, die sich aufblähten, wenn sie im Wasser in die Hocke gingen. Bauern, die ihre Pferde, Hirten, die das Wollkleid ihrer Schafe wuschen. Stana und Samuel hatten ihre eigene Stelle, weiter oben an einer Weide, an deren Ästen man ins Wasser schwingen, unter der man liegen konnte wie hinter einem Vorhang. Eine Stelle, in der das Wasser tief, die Strömung aber nicht zu stark war. Auf der gegenüberliegenden Seite, wie eine Spiegelung des Blicks, stand ebenfalls eine Weide. Die beiden Bäume hießen Königskinder. Sie hießen schon immer so.

Samuel lag auf dem Rücken, den Kopf in den verschränkten Armen. Sein Körper war lang geworden, seine Arme kräftig. Schatten begrenzten sein Profil, Oberkörper, Hüften, die ausgestreckten Beine – er lag vollkommen still da, und doch war es, als würde etwas beben. Stana setzte sich neben ihn.

Langsam öffneten sich seine Augen. In ihnen lag kein Erkennen, nichts war daraus abzulesen, keine Regung verriet, dass er sie wahrnahm. Stana hingegen nahm Verschiedenes wahr. Offensichtliche Dinge. Sie sah, dass er im Wasser gewesen war. Es musste eine Weile her gewesen sein, denn die Perlen auf seiner Haut waren klein und würden bald ganz verschwunden sein. Sie sah die aufgeworfenen Linien seines Mundes, den hellen Flaum auf den Wangen. Sie sah, dass seine Augen in diesem Sommer dunkel waren, dunkler als sonst, dass sich darin eine Ernsthaftigkeit und Gegenwärtigkeit eingerichtet hatte, die sie von niemand anderem kannte. Sie nahm sich vor, fortan besser aufzupassen (als ließe sich Preisgabe verhindern), und sie sah, dass auch er aufpasste, mehr als sonst.

Erst als Stana die Stille willentlich aufhob, wurde ihr bewusst, dass sie einander in die Augen gesehen hatten, als lägen dahinter kleine Fluchten. Es war kein Standhalten. Ein Sichhineinfallenlassen.

»Du hast dich wieder mit Valentin angelegt.«

Sie hatte es von einer Freundin erfahren, die in Samuels Klasse ging. Weil eine Lehrerin krank war, waren zwei Klassen zusammengelegt worden, Samuels Klasse und jene von Oswald, genannt Oz. Samuels Freund musste zwei Schulstunden lang in der Ecke stehen, weil er sein Deutschbuch vergessen hatte. Stand man in der Ecke, durfte man nichts trinken oder essen, durfte nicht aufs Klo. In der großen Pause hatte Samuel darum gebeten, die Strafe aufzuheben.

Warum er das tun solle, hatte Herr Valentin gefragt.

Weil die Strafe nicht angemessen sei, hatte Samuel geantwortet.

Mit dem Ergebnis, dass Oz sich setzen und Samuel den Rest des Vormittags in der Ecke stehen musste.

»Er ist ein Sadist.«

Dieses Wort hatte Samuel irgendwo aufgeschnappt, er verwendete es ausschließlich für seinen Klassenlehrer.

»Valentin ist frustriert, dass er es nur bis zum Dorfschullehrer gebracht hat und Kinder unterrichten muss, die später nichts anderes tun werden als Kühe hüten und Äcker bestellen«, sagte sie.

»Du wirst später etwas anderes machen«, sagte Samuel.

Stana errötete.

Im Wasser, in der Mitte des Flusses, setzten die Selbstvorwürfe ein. Sie hatte etwas gesagt, nur um etwas zu sagen. Weil sich die Grenze zwischen ihr und Samuel zu verwischen begann. Sie hatte von der Schule angefangen und aufgehoben, was zwischen ihnen lag – etwas, das ohne alles auskam, Worte, Vergewisserungen, vor allem aber ohne Scham. Wie lange hätten sie einander angesehen? Was kam, wenn man sich ergab, aufhörte, sich zurückzuhalten?

Sprache konnte nicht mehr sein als ein Anlauf zum Sprung.

Stana schwamm flussaufwärts und begriff, dass etwas für alle Zeit fort war. Nichts würde es wiederbringen können. Das Leben hatte sich gewendet, mit einem großen Schwung, durch einen Badezuber-Moment. Sie drehte sich um ihre eigene Achse, ließ sich treiben. Auf der Höhe der Königskinder wartete Samuel, sie driftete auf ihn zu, überlegte, die Richtung zu wechseln, machte einen halbherzigen Versuch, ließ es bleiben, wusste, dass sie ihm näher kam, dass das Wasser sie in seine Arme trieb. Ein sanfter Druck seiner Hände auf ihrem Rücken reichte, um sie zu halten. Sie machte sich leicht, lehnte den Kopf zurück. Ahornblatt, dachte sie, Löwenzahn. Samuel drehte sich, die Bewegung ließ ihre Arme aufsteigen. Ihre Gesichtszüge wurden weich, die Anspannung ließ nach. War es eine Welle, die sie an ihn drückte, so nah, dass ihr Kopf seine Brust berührte – eine Empfindung, die sie heiß durchfuhr –, oder die Erinnerung, dass er sie gestern, aus dieser Perspektive, ohne Badeanzug gesehen hatte? Ihre Bauchmuskeln zogen sich zusammen, ein kräftiger Schwimmzug brachte sie auf Distanz. Sie sah ihn dabei nicht an, auch nicht, als sie ans Ufer stieg, die Decke schüttelte und sich auf den Bauch legte, um ihr Gesicht zu verbergen. Sie hörte, wie er sich neben sie legte, wie die Äste der Weide über den Boden scharrten, spürte, wie nah er war, so nah, dass sein Unterarm ihren berührte. Die Stelle wurde warm, pulsierte, ihr Herz fiel aus dem Brustkorb und schlug jetzt dort. Das Wasser rauschte ihr in den Ohren, eine Ameise verirrte sich auf ihre Hand.

Stana atmete flach in die Beugung ihres Arms. Traurigkeit füllte den Ort, an dem einmal ihr Herz gewesen war, ohne dass sie wusste, warum, und ohne dass sie wagte, sich zu rühren.

Entgegen Stanas Vermutung fand der nächste Whist-Abend statt.

Samuels Eltern luden ein.

»Ohne mich«, hatte Stanas Vater gesagt.

»Mit dir, mit mir, mit uns allen«, sagte Stanas Mutter.

Es war, als teilte Konstanty Novac sich in zwei Leben auf. Es musste ihn einmal als Mann gegeben haben, der sich in ihre Mutter verliebt, der Vater hatte werden wollen. Der ihr und Samuel als Säuglinge Páli-Schnaps in den Mund geträufelt hatte, damit sie keine Würmer bekamen, besser schliefen und das Kartenspiel nicht störten. Der ihnen, als sie Kinder waren, rohes Eigelb mit Zucker anrührte, sie auf den Markt nach Arad mitnahm, wo es Tauben in Volieren, Froschschenkel, Mondviolen und Goldschmuck zu kaufen gab. Dieser Mann war abhandengekommen, wie etwas abhandenkommt, was man selten benutzt. Das Haus schluckt es, die Jahre, in denen man keinen Gebrauch davon macht, schlucken es, und wenn man sich eines Tages daran erinnert und meint, es wiederhaben zu wollen, ist es fort.

Es war möglich, das erfuhren Stana und Malva, Jahre in der Gesellschaft einer Erinnerung zu verbringen, mit dem Bild eines Menschen, den es so längst nicht mehr gab.

Manchmal, wenn Konstanty getrunken hatte, Trost brauchte, vielleicht Vergebung suchte, entwischten ihm Sätze, ungeheure Sätze, die Stana erschreckten.

»Die Partei macht keine Fehler«, sagte er, als Stanas Mutter sich für einen Mann aus der Schweinemästerei einsetzte, der inhaftiert worden war. »Gib den Mann verloren.«

Malva sagte nichts mehr. Der Mann wurde verloren gegeben.

Dann folgten Wochen, in denen die Leute den Blick abwendeten, wenn sie Konstanty begegneten, oder ihn ansahen, als gälte es, etwas zu beweisen. Wenige waren darin geübt, Pferde- und Hundetage zu unterscheiden. Es gab keine offenen Widerworte, keinen Streit, aber auch keine Aufrichtigkeit. Dafür trafen regelmäßig Lebensmittel-Geschenke ein. An ihrem Tisch gab es immer Butter, Milch, Wurst. Stana musste nie, wie andere Jugendliche, in den frühen Morgenstunden Schlange stehen. Für ein Kilo Mehl, Zucker oder Öl, das dann gehortet wurde, um es gegen etwas anderes einzutauschen. Das obligatorische Kilo Hagebutten, das alle Schüler nach den Sommerferien mitzubringen hatten, übergab sie, ohne zu wissen, woher es kam. Sie musste auch nicht, wie Samuel und die anderen, mit Strafen rechnen, wenn sie die Hausaufgaben vergaß oder eine Klassenarbeit schlechter ausfiel als erwartet.

Das sei überhaupt kein Problem, wurde gesagt, da müsse man sich keine Sorgen machen, Stana sei eine begabte und fleißige Schülerin, wurde gesagt, sie sei keinesfalls, und man betone das ausdrücklich, keinesfalls gefährdet sitzenzubleiben.

Stana stand nie in der Ecke, Stana musste nie die Hände ausstrecken für Prügel mit dem Lineal. Aber weil es eine bestimmte Anzahl Schläge, eine festgesetzte Anzahl Ecken gab, mussten all die Ecken und Schläge, die für Stana ausblieben, anderweitig vergeben werden, was nicht dazu führte, dass sie sich ihre Freunde aussuchen konnte. Wenn sie darüber nachdachte, gab es nur Florentine und den Pfarrer, die keine Angst vor ihrem Vater hatten – und Samuel.

»Sie gestehen alle«, hatte Konstanty einmal gesagt. »Jeder hat etwas zu gestehen. Jeder will schuldig sein.« Und wenn sie es am Beginn eines Verhörs nicht einsahen, hatte er, daraus machte er keinen Hehl, seine Methoden, um dafür zu sorgen, dass sie zuletzt mit dem Gefühl von Schuld entlassen wurden – ins Gefängnis oder in das, was, auch unter diesen Umständen, Freiheit genannt wurde.

Es gab eine Logik jenseits der Argumente. Es gab eine Logik der Nacht. Eine Logik der Verlassenheit. Eine Logik der Schläge. Gezielte Schläge gegen die Nieren konnten einiges bewirken.

»Den Pfarrer lässt du in Ruhe«, hatte Malva an jenem Sonntag nach der Jeremia-Predigt gesagt. »Wenn du den Pfarrer kassierst, bin ich weg. Sie ist die Einzige, die ich noch habe.«

Samuels Großmutter nannte Stana bei ihrem Spitznamen.

»Ich lasse das ›t‹ weg«, hatte Samuel eines Tages gesagt.

Stana gab es fortan nur noch für die anderen. Für ihn war sie Sana. Weil Sana Träumerin hieß und im Arabischen »der blaue Himmel«, was ihm noch besser gefiel. Samuel ging mit Worten um, als würden sie sich durch übermäßiges Aussprechen abnützen. Neue Wörter behandelte er wie einen Fund, eine Entdeckung, die nur ihm gehörte. Manchmal schenkte er ihr ein Wort, etwa »Imponderabilien«, was Unwägbarkeiten waren, oder wies sie auf besonders schöne hin: »greoaie«, auf Rumänisch »unhandlich«, ein Adjektiv, das nichts Besonderes anzeigte, dafür aber fünf Vokale brauchte – oder »oaia«, das Schaf, das ganz ohne Konsonanten auskam.

Stana war unter diesem Namen eine andere geworden. Das, worauf er referierte, was er umfasste, wurde sacht abgefälscht; kaum mehr als eine Ungenauigkeit und doch aufregend unbekannt. Es berührte etwas, das noch ungenutzt war, und gab ihr das Gefühl, sich neu erfinden zu dürfen. Etwas Weiches, Großzügiges, aber auch eine neue Verletzlichkeit wurde offenbar, als würde etwas fehlen, als hätte er nicht nur einen einzigen, aufstrebenden Buchstaben für sich behalten.

»Sana«, sagte Samuels Großmutter zur Begrüßung, musterte sie mit der ihr eigenen Strenge, die etwas Vornehmes hatte, fragte, ob sie genug esse, und Stana fühlte sich augenblicklich noch schlaksiger als sonst. Alles an Karline war wie aus einer anderen Zeit. Ihre hochgesteckten Haare, ihre Handtasche, die sie in der Armbeuge trug. Die Art, wie sie sich zum Mittagsschlaf hinlegte, ausgestreckt auf dem Diwan, mit einem Tuch über den Augen. Sie hatte ihre genauen Vorstellungen. Wie man lag, wie man sprach, wie man aß, wie der Haushalt zu führen sei. Sie klopfte die Teppiche im Pfarrhaus, dass es nur so staubte, köpfte Hühner und beobachtete ungerührt, wie sie noch einige Zeit orientierungslos über den Hof liefen. Sie kochte Suppen, bei denen Fettaugen obenauf schwammen, glasklar abgeseiht, wie sie sonst niemand zu kochen imstande war – was sie nicht für sich behielt.

Sie sagte mit einem Seitenblick auf ihre Schwiegertochter: »Dass hier niemand eine einheimische Suppe zu kochen imstande ist.«

»Was meinst du mit einheimisch? Schwäbisch, slowakisch, ungarisch, rumänisch, tschechisch, jüdisch oder vielleicht serbisch?«, fragte Florentine.

Dass es Samuel und Stana erlaubt war, auf der Straße zu essen (Brot, Käse, Tomaten aus dem Garten, sonnenwarm auf die Hand), war für Karline der Niedergang von Moral und Manieren. Selbst als sie nur ein Zimmer hatten, Küche und Bad mit anderen Familien teilten, war sie imstande gewesen, sich zu organisieren. Karline glaubte an die Wahrung der Form. Aber sie hielt sich mit ihrer Kritik zurück, um den Frieden nicht zu riskieren, der zwischen ihr und Florentine immer einer war, der verhandelt, bekräftigt werden musste. Es war schon vorgekommen, dass Florentine Samuel und sie angewiesen hatte, Sand über den zuvor geklopften Teppich zu streuen, als Karline abgereist war. Der Pfarrer hatte nicht gewagt, seiner Frau zu widersprechen oder den Kehrbesen zu holen, und bis zum nächsten Schnee hatte Sand im Wohnzimmer gelegen, ein helles Muster, das sich mit jedem Schritt in den Teppich einarbeitete.

Am Abend von Karlines Ankunft waren sie zu einem Fest eingeladen. Die Pfarrfamilie, Stanas Familie, das halbe Dorf.

Ein Schwein war geschlachtet worden. Stana konnte die schrillen, durchdringenden Schreie der Tiere, die ahnten, dass sie sterben würden, kaum ertragen, dennoch erfasste sie eine unerklärliche Euphorie. Die Geschäftigkeit der Leute, die bereitgestellten Gerätschaften: Haken, Säge, Eimer, Holztisch, Messer. Ein gezielter Schnitt. Das aufgefangene Blut. Das Häuten. Das Knacken der Brustknochen. Das Abspritzen des Hofs.

Samuel verschwand gleich nach dem Essen. Stana saß zwischen Ruth, die mit ihrer Tochter und ihrem Enkelsohn gekommen war, und Karline, die es wie niemand sonst beherrschte zu plaudern, ein verschwenderisches Hin und Her der Gedanken. Stana war Florentines und Samuels einvernehmliche Schweigsamkeit gewöhnt, die lastende Stille zwischen ihren Eltern. Sie genoss Karlines Erzählungen, ihre unentwegten Gedankenausflüge, die wie Suchbewegungen waren, in denen sie sich selbst und andere verortete. Vom länglichen Weißbrot, Franzeller, das zum Essen gereicht wurde, ging es an den königlichen Hof, dann in die Region Moldau, und, wenn man schon dort war, zu Eminescu, zu Königin Carmen Sylva, die ebenfalls gedichtet hatte (in deutscher Sprache, verehrt von Theodor Roosevelt und Kaiserin Elisabeth, wie Karline mit einigem Stolz anmerkte), und wieder in den Garten, wo inzwischen ein Feuer brannte – wo Samuel noch immer fort war.

Stana fand ihn in den Ästen des Kirschbaums.

»Eine Million«, sagte er.

»Bitte?«

»Über eine Million Blütenblätter hat ein Kirschbaum.«

»Welche Verschwendung«, sagte sie und kletterte hinauf.

»Es reicht genau aus«, entgegnete Samuel. »Keines ist zu viel.«

Seit er auf einem Bauernhof aushalf, zog Samuel solche Vergleiche. Er ging fast jeden Nachmittag arbeiten. Augenscheinlich, um etwas über kollektive Landwirtschaft zu lernen, doch Stana wusste, er tat es, weil der Bauer ihn Traktor fahren ließ, ihn ab und zu sogar mit seinem Agrarflugzeug mitnahm.

Stana setzte sich neben ihn. So war sie in seiner Nähe, musste ihn aber nicht ansehen. In seinem Blick fehlte die Übereinstimmung, die es immer zwischen ihnen gegeben hatte. Etwas Abschüssiges, zugleich Anziehendes war an jene Stelle getreten, das jedem Versuch, es zu benennen, widerstand.

Jetzt erst entdeckte Stana, dass Samuel etwas hielt. Es war ganz von seinen Händen umschlossen, nur der Kopf lugte heraus. Im ersten Moment glaubte sie noch, dass es lebendig war. Wortlos übergab Samuel ihr den Vogel. Er war merkwürdig leicht, fast körperlos. Sie legte ihn vorsichtig in einer Astgabel ab und Samuel überreichte ihr einen Blätterzweig, mit dem sie den leblosen Körper bedeckte.

Sie schloss für einen Moment die Augen und wusste, dass auch Samuels Augen geschlossen waren. Es war fast so, wie es früher gewesen war. Sie vermisste die eingespielten Gesten, unauffälligen Berührungen, die fast vollständig aufgehört hatten, ohne dass sie bestimmen konnte, wann.

Stana sah demonstrativ in den Garten, obwohl sie das, was unten geschah, nichts mehr anging. Sie sah auf die Gäste, die am Feuer standen, während Fledermäuse pfeilschnell durch den Garten flogen, und war froh, dass es die raschelnden Blätter gab, die einmal Kirschen gewesen waren, die einmal eine Million Blüten gewesen waren, und sie nichts sagen mussten. Ein Lachen war zu hören, Gläser klirrten, jemand rief »Sollst leben«, jemand stimmte ein Lied an. Samuel rückte näher. Sie rückte näher. Möglicherweise rührte sich keiner von beiden, und es waren die Äste, die sich ineinanderschoben, ihr Blätterdach zusammenfächerten, bis sie einander ansehen mussten.

Seit Wochen gab es diese merkwürdigen Momente.

Auch in einer Kirsche war man davor nicht sicher.

Karline rettete sie.

»Kommt herunter, wir wollen gehen«, rief sie.

»Komm herauf«, sagte Samuel.

»Wenn ich auf einen Baum klettere, sterbe ich«, sagte Karline.

Das wollte niemand riskieren.

Vereinzelt brannten Lichter in den Fenstern. Hunde schlugen hinter Toren an. Ein heller Mond, der die Schatten vertiefte, Dächer zu spitzen Wimpelketten formte, Strommasten zu Leitern, die schräg auf die Straße fielen.

»Dass ihr in die letzte Ecke der Welt ziehen musstet, hierher, wo der Teufel seinen Hut verloren hat«, räsonierte Karline.

Florentine und Malva unterhielten sich, Hannes und Konstanty schwiegen. Stana und Samuel schwiegen auch. Mehr als einmal berührten sich ihre Hände, weil sie sehr nah beieinander gingen.

Stana begann, über die Schattenleitern der Strommasten zu laufen, quer über die Straße. Sie streckte die Arme aus wie jemand, der über eine Tiefe balanciert und nicht nach unten schaut.

Als sie vor dem Pfarrhaus ankamen, lud Florentine zu einem letzten Getränk ein. Es gab nur ein Problem. Dieses Problem war schon zu hören gewesen, als sie um die Ecke bogen.

Ein vielstimmiges, allumfassendes Quaken.

Florentine ertrug die Mäuse in der Speisekammer, die Nachtfalter im Schlafzimmer. Sie kam mit den Ameisen im Korridor zurecht und schüttelte die Raupen von der Wäsche. Sie erschlug Stechmücken und fing Spinnen. Aber Kröten ertrug sie nicht. Ihre schwarzen, ovalen Augen, die warzig-braune Haut. Vor allem aber ekelten sie die langen Beine, fürchtete sie ihre Fähigkeit, mit unvermittelten Sprüngen vor einem aufzutauchen.

Hannes ging in die Hocke. Florentine reichte Karline ihre Handtasche. Konstanty ging ebenfalls in die Hocke und nahm Malva auf den Rücken, was er noch nie getan hatte. Karline hielt kopfschüttelnd auch Malvas Tasche. Die Männer trugen ihre Frauen huckepack vom Hoftor zur Eingangstür. Florentine streckte übermütig die Beine aus. Malva lachte, ein leises, perlendes Lachen, das in Stanas Magen ein warmes Licht anknipste.

Es zirpte aus den Gräsern und Hecken. Kröten sprangen über den Weg. Ein vergnügtes, unbekümmertes Geräusch.

Samuel und Stana blieben zurück, bis die Erwachsenen im Hausflur verschwanden. Dann zog Samuel Stana zu sich heran.

Makromolekular

Es war nicht seine Idee gewesen.

In der Luft.

Mit einer Propellermaschine.

Aber es funktionierte.

Oz hatte es mit gefälschten Papieren versucht. Es war leichtfertig, es war dumm. Aber auch verwegen. Ein Freund hatte eine Bundesdeutsche geheiratet. Am Tag der Hochzeit, als der Standesbeamte kurz den Raum verließ, hatte Oz eine Heiratsurkunde aus dem Formularbogen gerissen, vor aller Augen, beiläufig, als würde er Brotkrumen vom Tisch wischen. Niemand sagte etwas. Er rollte das Papier zusammen, steckte es in die Hemdtasche. Den ganzen Abend achtete er darauf, dass niemand ihn zu fest umarmte. Was vielleicht auch niemand wollte, so wie er schwitzte. Was er nicht bedachte, war, dass die Bögen fortlaufend nummeriert waren. Jemand verpfiff ihn. Es konnte jeder gewesen sein, auch der Bräutigam, der auf seine Ausreisepapiere wartete.

Einen Monat nach der Trauung fuhr er ans Schwarze Meer. Er dachte nicht mehr an das Blatt Papier, mehr war es ja nicht. Erst wenn er seinen Namen und den einer Ausländerin darauf setzen würde (eine, die noch zu finden war), erst wenn er die erforderlichen Stempel beschafft hätte, dann wäre es etwas: die Möglichkeit, das Land zu verlassen. Die Grenzlinie fortwischen, die bemessenen Wege.

Wie mutig wäre man, wenn man nur könnte?

Die Perser benannten die Himmelsrichtungen nach Farben. Weiß der Westen, Rot der Süden, Grün der Osten, Schwarz der Norden. So erhielt das Schwarze Meer seinen Namen, Marea Neagră. Das All war schwarz, Luthers Gewand war schwarz. Aber ein schwarzer Tag war ebenso wenig erstrebenswert wie der Umstand, auf einer schwarzen Liste zu stehen. So wie er.

Eines Nachmittags kam auf der Promenade ein Mann auf ihn zu. Er trug ein langärmeliges Hemd. Seine Schuhe glänzten, als käme er vom Tanzunterricht. Trotz der Hitze stand kein Tropfen Schweiß auf seiner Stirn. Er sah nicht aus wie einer, der hier Urlaub machte. Oz wusste gleich, dass das nicht gut war.

»Das Standesamt ist geschlossen.«

Mehr sagte er nicht.

Oz rief Samuel an. Er erklärte ihm, wo er das Formular versteckt hatte, und wies ihn an, es in einem Umschlag an das Standesamt zurückzuschicken. Es konnte ihm nichts nachgewiesen werden. Und doch. Etwas war aufgehoben, etwas hatte sich ihm zugewendet, wie ein überraschtes Gesicht. Er erschrak, wenn jemand nach ihm fragte, wenn er Schritte hinter sich wahrnahm. Die tanzenden Schuhe. Er konnte sie hören, auf einem Korridor, einer nächtlichen Straße. Die Dopplung seiner eigenen Schritte. Er konnte sie sehen, in einem überfüllten Aufzug, in der Straßenbahn, am Rand eines Fußballfeldes.

Seine Wohnung wurde durchsucht. Er wurde vorgeladen.

Immer dasselbe Spiel. Zunächst befragte ihn ein Polizist mit schlechten Manieren, drohte ihm Prügel an. Dann kam ein freundlicher Polizist. Ich kann dir helfen, sag die Wahrheit. Dabei hatten diese Leute an nichts weniger Interesse als an der Wahrheit.

Eine Weile ging es gut. Dann geriet Oz an einen, der ihm die Prügel nicht androhte, sondern ihn gleich prügelte.

Jetzt denkst du an etwas anderes, bis es vorbei ist, sagte er sich, hielt sein Gesicht hin, hob nicht einmal die Hände, um es zu schützen. – Die Schaumzungen der Brandung. Der Salzrand auf Erikas Schultern, dort, wo die Haare endeten. In die Länge gezogene Locken. Verklebte Wimpern wie nach langem Schlaf. Er biss in eine Zitrone, tat, als machte es ihm nichts. Erika lachte, und es war ihm gleich, ob sie ihn aus- oder ihm zulachte. Das Schaudern, das die Säure der Zitrone auslöste. Ein verzögertes Schaudern, das seinen Körper ausfüllte – wie der einsetzende Schmerz, verzögert, alles ausfüllte.

Sein linkes Auge schwoll zu. Am Kinn klebte Blut. Er schloss das Bad ab, setzte sich auf den Wannenrand, um seine Schuhe auszuziehen. Die Finger bewegten sich nicht, die Hüften verweigerten die Beugung. Es klopfte. Mühsam stand er auf, horchte an der Tür.

»Ich bin es«, flüsterte seine Schwester.

»Lass mich, Thea«, bat er, ebenso leise.

Er wusste, sie war noch da, weil sich keine Schritte entfernten. Und auch er blieb stehen, das Ohr an das Holz gelegt, so wie er früher an dieser Tür gelehnt hatte, um den hellrosa Morgenmantel seiner Mutter zu betrachten, der noch lange nach ihrem Tod an der Innentür des Badezimmers gehangen hatte. Oz hatte das Gesicht darin verborgen, die Ärmel berührten seine Schultern wie eine Umarmung, bis der Mantel nicht mehr nach ihr roch und eines Tages verschwunden war.

Oz starrte auf die gekachelte Wand. Zählte die Reihe ab. Wenn er auf eine gerade Zahl kam, würde er … ja, was? Es war ein Spiel aus Kindertagen, das seine Mutter und Florentine sich ausgedacht hatten, um die Wartezeit auf den Ämtern zu verkürzen. Es half nicht.

Oz hörte ein silbriges Geräusch, begleitet von einem hellen Flackern in den Augenwinkeln. Ein modrig-feuchter Geruch füllte das Bad.

Sieh nicht hin, dachte er. Sieh nicht hin. Und tat es doch.

Vor dem Fenster, im Innenhof (feuchte Erde nach einem Regenguss, glänzende Dachschindeln, Bretterzäune), bewegte sich Schuppenhaut. Sie glitt vor dem Fenster dahin, als bewegte sich nicht das, was vor dem Fenster war, sondern das Haus selbst, bis irgendwann ein Auge zu sehen war. Dann stand alles still. Oz hatte das Gefühl zu fallen – und als er wieder zu sich kam, lag er auf dem Boden, und das Fenster rahmte wieder einen festen Ausschnitt der Welt, Innenhof, Zäune, Dächer.

Jetzt wirst du zu einer jener jämmerlichen Gestalten, mit denen du Mitleid gehabt hast, dachte er. Niemand wird etwas für dich tun, weil auch du für niemanden etwas tun konntest. Und so setzt es sich auf alle Zeit fort, dass niemand den anderen retten kann.

Oz hatte seine Militärzeit in einem Gefängnis abgeleistet.

Weil er der beste Scharfschütze war, wurde er im Wachturm stationiert. Die Nächte waren besser als die Tage. Außer den vereinzelten Lichtern in den Fenstern lag nur der Acker vor ihm, der Wald wie ein Scherenschnitt, dahinter das Dorf, von dem nur der Kirchturm zu sehen war. Die Nächte waren kalt, aber nicht einsam wie die Tage. Der Himmel hörte ihm zu. Ein Vogel konnte eine Antwort sein. Eine Frau, die am Morgen übers Feld ging. Meist geschah nichts. Manchmal wurde jemand für ein Verhör aus seiner Zelle geholt, Zellen mit Betten ohne Kissen und Decken. Zellen mit Eimern statt Toiletten. Dass die Männer noch aufs Klo mussten, wunderte ihn, wo sie kaum etwas zu essen bekamen außer dünnen Suppen, Gries- oder Maisbrei.

Oz hielt am äußersten Punkt dieser Welt Wache.

Drei Quadratmeter, Schießluken, eine Treppe.

Eines Nachts, er erleichterte sich gerade durch die Luke, tauchte ein Gesicht an einem der Fenster auf. Jemand musste noch so viel Kraft haben, um sich am Gitter hochzuziehen, oder den Schneid, sich auf den Eimer zu stellen. Oz schloss seinen Hosenschlitz, sah auf ein blasses, mondbeschienenes Gesicht, einen kurzgeschorenen Kopf, dunkle, glänzende Augen – wie die eines Kindes. Die Augen tasteten die Umgebung ab, die Weite des nächtlichen Himmels, die Sterne, die Lärche im Gefängnishof. Es kam Oz vor, als sähen sie ihn an. Er trat einen Schritt zurück. Das Gesicht verschwand, aber es tauchte in der darauffolgenden Nacht wieder auf. Oz gewöhnte sich an dieses Gesicht, es wurde Teil der Nacht, und er fragte sich, ob auch er Teil der Nacht dieses Mannes war oder ob er sich nur einbildete, dass der andere ihn sehen konnte, ihn geradezu suchte.

Ob er ihn hasste? Ihn als Verbündeten sah? Oz war ebenfalls gefangen, im Wachturm, den Kasernenräumen, diesem Land. Er schämte sich für diese Gedanken, wollte sich nicht mit dem Mann vergleichen. Und doch.

Eines Nachts tauchte der Mann nicht mehr auf. Das Gitterfenster blieb leer. Auch in der folgenden Nacht. In allen weiteren Nächten.

Sie werden ihn verlegt haben, dachte Oz und tat etwas, was er noch nie getan hatte, er erkundigte sich nach dem Häftling. Die Zellennummer konnte er sich ausrechnen, Block C, dritter Stock, siebtes Fenster von links.

»Pass auf, was du tust«, warnte ihn ein Soldat. »Was interessiert dich dieser Mann? Kennst du ihn?«

Oz nickte. Es war nicht einmal gelogen.

Am nächsten Morgen trat der Soldat in den Waschräumen an ihn heran. Der Gefangene sei nach einem Verhör tot in seinem Bett aufgefunden worden. Er sei herzkrank gewesen – wenn Oz verstünde, was er meine. Oz verstand.

Er hielt in seinem Turm Wache.

Ein weiter Himmel.

Ein leeres Gitterfenster.

Als Erstes war der Geruch dagewesen. Modrige Kühle, wie an einem Waldsee. Dann ein silbriges Geräusch, begleitet von Flimmern, das ihn blendete wie eine spiegelnde Fensterscheibe. Er verlor das Gleichgewicht, fiel hin, hielt sich an Vorsprüngen fest, dann am Boden selbst, als könnte ihn auch der Boden abschütteln wie ein lästiges Tier.

Ein Reptilienauge füllte die Schießscharte. Eine geschlitzte Pupille, die Farbe von Feuer. Vor der anderen Schießscharte lag ein grüner Schuppenpanzer. Eine Ahnung setzte sich aus diesen Ausschnitten zusammen, dann löste sich der Wachturm auf, als wäre er das Unwahrscheinliche, nicht das, was dahinter lag. Oz sah das ganze Bild, die Flügel, die Krallen, die gespaltene Zunge, hörte das Scharren des Schuppenpanzers am Holz. Alles war so überdeutlich da, dass er, trotz Angst und Schwindel, wusste, dies war kein Traum.

Am Morgen querte eine Frau das Feld.

Ihre Stiefel hinterließen eine Spur im Acker. Der Rucksack war leer und würde, so war es anzunehmen, auf dem Rückweg gefüllt sein. Oz, der sich aufgerichtet hatte, kletterte die Treppen des Turms hinunter. Er sah immer wieder auf die Spur der Frau. Es gab noch etwas, wohin man gehen konnte. Wofür man am Morgen über den Acker ging.

In seiner verbleibenden Zeit beim Militär hatte Oz Kassiber geschmuggelt, Zigaretten besorgt – die Währung aller Gefängnisse dieser Welt. Er hatte Wachen beschwichtigt, Anverwandten Lebenszeichen gesendet. All dies aber konnte dem Mann nicht helfen, brachte ihn nicht zurück, brachte ihn selbst nicht zurück in jene Nächte, in denen sie einander die nächsten Menschen gewesen waren.

Er zog wieder in sein Elternhaus zu seinem Vater und seiner Schwester; sein Bruder Mirko lebte inzwischen in Bukarest. Oz spürte das Zittern der Drachenfüße auf dem Acker, sah die Spannweite der Flügel als Schatten über den Dächern des Dorfs, hörte den Schuppenpanzer, jede Bewegung ein silbrig helles Geräusch. Manchmal zeigte der Drache sich wochenlang nicht. Dann tauchte er auf, in der Abgeschiedenheit der Ebene oder, was schlimmer war, hinter einem Menschen, mit dem Oz sprach. Es kostete ihn einiges an Kraft, sich nichts anmerken zu lassen. Doch die meisten Menschen hatten Übung darin, sich täuschen zu lassen.

Vielleicht war getäuscht zu werden die größte Sehnsucht von allen.

Sobald sein Gesicht wieder normal aussah, fuhr Oz nach Temeswar, um den »Gärtner« aufzusuchen. Nicht nur der rumänische Staat, der mit der Bundesrepublik die Tarife für die

Abwanderung der Deutschen verhandelte (sogar verlangte, dass Ausbildungs- und Reisekosten beglichen wurden), auch Securitate-Offiziere und Parteigenossen hatten das Finanzpotenzial all jener erkannt, die auf ihre Ausreisepapiere warteten.

Oz sollte sich bei den Befestigungsanlagen im Norden der Stadt einfinden, beim ehemaligen Wiener Tor. Die Straßen waren voller Tauben. Sie nahmen den Boulevard ein, den Platz vor der Oper, den Domplatz. Eine graue, wogende Masse, ihre ruckelnden Köpfe eine umgekehrte Verneinung. Inmitten eines Taubenschwarms stand eine Frau und fütterte die Tiere. Regenwolken hingen dräuend über den Dächern. Die Farben rutschten ins Gräuliche.

Oz lehnte sich an eine Ziegelmauer. Jemand, der leise gekommen war, lehnte plötzlich neben ihm, ein Bein locker angewinkelt.

»Ich möchte den Gärtner sprechen«, verlangte Oz.

Der Mann lachte. Ein kurzes, spöttisches Lachen.

»Ich versteh schon«, sagte Oz. »Er muss sich um die Auberginen kümmern. Für ordinäre Maiskolben wie mich hat er keine Zeit.«

Oz' Sinn für Ironie, der ihm auch in Momenten wie diesen half, irritierte den Mann. Er fing sich jedoch rasch.

»Du zahlst 8000 DM an einen unserer Männer in Arad. Dann schauen wir, was wir für dich tun können. Sind wir im Geschäft?«

Ein Zettel wurde ihm in die Hand gedrückt. Darauf standen ein Name und ein Ort. Oz betrachtete den Zettel, verwundert, wie wenig er wog. Dann zerriss er ihn in kleine Fetzen. Er wusste nicht, wie er so viel Geld auftreiben sollte. Abgesehen davon, drohten für den Besitz von Westgeld Gefängnisstrafen, und ob die Bearbeitung der Papiere beschleunigt werden konnte, war fraglich. Trotz der vorgeblich guten Kontakte des Gärtners zum Passamt konnten Jahre vergehen, bis eine Ausreise bewilligt wurde.

Oz überlegte, ob der »Schwarze Mann« in Hermannstadt oder der »Magaziner« in Agnetheln andere Konditionen hatten. Beim »Gärtner« konnte er sich nicht mehr blicken lassen, das hatte ihm der Mittelsmann deutlich zu verstehen gegeben. Und während er darüber nachdachte, was er tun sollte, Möglichkeiten abwägte, Pläne schmiedete und wieder verwarf, wurde das Haus durchsucht. Dieses Mal ohne dass darauf geachtet wurde, nichts durcheinanderzubringen.

Die Schirme der Stehlampen waren vertauscht worden, die Schnürsenkel der Schuhe im Korridor zusammengebunden. Oz' Herzschlag drang wie von außen zu ihm, als pochten die Wände.

Thea half aufzuräumen, bevor der Vater nach Hause kam.

Sie sagte: »Mach, dass es aufhört.«

Jetzt war es zu spät für alles.

Für das Bleiben sowieso.

Oz war zu dem Schluss gekommen, dass schlichtweg alles erfunden war. Jedes System ein Phantasieprodukt. Die Sache mit der Religion, dem Fußball, dem Kommunismus.

Dieses Land hielt eine Ordnung aufrecht, an die nur unter Mühe (oder gleich gar nicht) geglaubt wurde. Dennoch wurde darauf beharrt, es sei eine objektive Wirklichkeit. Dabei gab es keine Ordnung, die sich nicht durch eine andere ersetzen ließ. Die zehn Gebote hätten zwölf sein können, Fußballtore quadratisch, die ersehnte Gleichheit aller eine geschätzte Ungleichheit Einzelner. Eine bestehende Ordnung konnte geändert werden, indem man einfach eine andere Ordnung erfand.

Es gab einen, der war besser im Erfinden als alle anderen.

Der Sohn der Sonne liebte sein Volk. Er liebte es so sehr, dass er es vor den sieben Todsünden schützte. Er beschützte die Menschen vor der Gefahr des Hochmuts, indem er sie davor bewahrte, eine eigene Meinung zu haben. Geiz und Habgier waren schlechterdings unmöglich angesichts des Mangels an Waren. Marmeladengläser und Milchpulver in den Regalen (planvoll verteilt, damit sie nicht leer wirkten) reichten für Habgier nicht aus. Wollust, Ausschweifung, Zorn und Rachsucht blieben auf wenige Funktionäre beschränkt, sie gaben sich der Unkeuschheit und Genusssucht hin, während das Volk unbescholten dem goldenen Traum der Menschheit entgegenging. Völlerei war undenkbar, wenn die Hauptspeise Propaganda war. Neid und Missgunst waren ausgeschlossen, schließlich gehörte niemandem nichts, und jeder hatte, was auch der Nachbar besaß. Nur die Faulheit entzog sich seiner Kontrolle. Faulheit, Feigheit und Ignoranz – diese Sünden waren schwer in den Griff zu bekommen.

Das Genie der Karpaten lebte bescheiden. Das mit dem Palast war ihm eigentlich nur so nebenbei passiert. Er hätte auch kleiner ausfallen können, doch wenn man einen Sitzungssaal hatte, brauchte es auch einen Ballsaal. Zweifellos, wenn man so beliebt war, brauchte man zahllose Gästezimmer. Wenn man eine Frau hatte, aber etwas auf seine Unabhängigkeit hielt, brauchte man zwei separate Treppenaufgänge. Und wenn man sein Volk liebte, liebte man auch dessen Kunst und brauchte Archive, Ausstellungsräume, einen Theatersaal. Wie gut, dass man religiöse Kunstgegenstände ab und zu bei den Kapitalisten zu Geld machen konnte.

Der Conducător war künstlerisch interessiert. Empfindsam, sensibel, tiefsinnig, barmherzig, tolerant. Er war ein Mann des Wortes und der Tat, ein Familienmensch. Was lag da näher, als alle wichtigen Ämter an Familienmitglieder zu verteilen? Und weil er augenscheinlich sein Volk liebte, gestattete er dem Volk, ihn auf zahllosen Plakaten und Bildern anzuhimmeln. Der einzige Dank, den er erwartete, waren Kinder. Frauen, die eine Abtreibung versuchten, kamen ins Gefängnis, bekamen sie aufgrund eines unerlaubten Schwangerschaftsabbruchs eine Infektion, durften sie nicht behandelt werden. Wer liebte und Nachkommen haben wollte, musste streng sein, und jene Unerbittlichkeit war es, die Oz zeigte, wie sehr der Führer dieses Landes, in dem er zu leben gezwungen war, seine Untertanen gering schätzte. Wer andere leiden lässt, wird von sich selbst insgeheim nicht viel halten, aber auch diese Überlegung reichte nicht als Erklärung, warum seine Mutter hatte sterben müssen.

Ein Titan brauchte eine Titanin. Ein einfaches Mädchen aus der Vorstadt Mahala konnte da nicht reichen. Es musste schon eine Wissenschaftlerin von Weltruhm sein. Eine, die im Juwelensammeln ebenso gut war wie im Sammeln von Doktortiteln. Die Lage der Nation wurde im Ehebett besprochen. Dort fügten sie etwas hinzu (ein neues Gesetz), ließen etwas weg (ein altes Gesetz). Und das Schönste daran: Nichts hatte nennenswerte Auswirkungen! Seine Elena kannte sich mit makromolekularen Verbindungen aus. Wie praktisch, wo doch im Kommunismus alle, wie makromolekulare Stoffe, von Natur aus gleich waren.

Der Auserwählte lebte bescheiden. Zeigte sich seine Genügsamkeit nicht allein dadurch, dass er sein Leben lang, schon als Schusterlehrling, darauf verzichtet hatte, Geld zu verdienen? Immer jammerten die Leute, es gebe nichts zu kaufen. Er selbst hatte nie in seinem Leben etwas in einem Laden gekauft. Die Partei sorgte schließlich für ihn. Ein wenig dazuverdienen konnten er und seine Parteigenossen wunderbar mit dem Ausverkauf der Deutschen – die in den Securitate-Korrespondenzen zu seiner Erheiterung unter dem Decknamen »pădureni« (Waldbewohner) geführt wurden. Dabei widersprach dies seiner Überzeugung: Rumänien war kein Auswanderungsland, wer hier geboren war, hatte hierzubleiben. Alle Nationalitäten wurden geachtet und hatten die gleichen Rechte. Gegen das Fernweh ließ er im Bukarester Nationalmuseum eine Weltkarte aufhängen, wo bunte Markierungen seine Reisen zeigten.

Der große Navigator war weise. Er wollte, dass sein Volk stolz auf seine Rolle in der Geschichte war, sich seiner einmaligen historischen Identität bewusst wurde. Unbegreiflich, warum sich ständig das Ausland in seinen Kurs einmischte. Wollte er einen Teil des Donaudeltas trockenlegen, beschwerte sich Gorbatschow. Musste ein Stadtviertel in Bukarest für seinen Palast weichen, kam das prompt bei der UNESCO zur Sprache. Drang durch, dass er die unwesentliche Anzahl von siebentausend Dörfern auflösen, die Bewohner in eigens dafür geschaffene, den Standards der Zeit entsprechende Neubauten umsiedeln wollte (Stichwort Systematisierung), gab es einen Aufschrei in der westlichen Presse.

Aber alles in allem ließ man ihn machen.

Für das erfundene Spiel des Diktators brauchte es viele. Soldaten, Polizisten, Ärzte, Richter, Gefängniswärter, Journalisten – sie würden nie, unter keinen Umständen, zugeben, dass die Ordnung, in der sie lebten, ein Phantasieprodukt war. Und so lange, wusste Oz, würde es Wachtürme geben und Gefängnisse, blanke Schuhe und verknotete Schnürsenkel. Es würde sinnlose Gesetze geben und, dadurch verursacht, mit nichts zu rechtfertigendes Leid. Die Angst würde es geben und schlimmer, die Angst vor der Angst.

Er klopfte Samuel heraus.

Sein Freund stellte keine Fragen. Wenige Minuten später gingen sie durch die nächtlichen Straßen des Dorfs. Die Kühle war wie eine zu fest geratene Umarmung. Jeder Schritt musste gegen diesen Widerstand gesetzt werden. Der Asphalt war rissig, die Erde weich, schluckte das Echo ihrer Schritte. Die Häuser sahen staubig aus, farblos. Die Dunkelheit war vollkommen, ein Raum, der nicht zum Dorf zu gehören schien.

Sie gingen zu einem verlassenen Hof. Setzten sich im Schuppen auf eine ausrangierte Sämaschine. Oz zündete eine Zigarette an, holte eine Flasche aus der Innenseite der Jacke hervor. Brannten die Lippen, wurden die Gedanken ruhiger, war es der richtige Schnaps.

Oz fing an zu reden.

Niemand konnte zuhören wie Samuel.

Dann sagte er: »Der Drache ist wieder da.«

Samuel fragte nach dem Wann und Wie. Er fragte nach der Häufigkeit seines Auftauchens und danach, was sein Erscheinen auslöste. Oz mutete dem Freund die Wahrheit zu.

Als ein blauer Streifen den Osten aufhellte, die Vögel weckte und alles, das sich abseitig abgespielt hatte, ihre Zusammenkunft, ihr Gespräch, wieder ans Dorf anschloss, stand Samuel auf.

»Der Drache fliegt doch, oder?«

Oz sah ihn verständnislos an.

»Der Drache fliegt durch die Luft«, wiederholte Samuel.

Oz nickte.

Und somit war es beschlossene Sache.

Samuel beschaffte das Flugzeug.

Eine Propellermaschine, die eingesetzt wurde, um Felder mit Pestiziden zu düngen. Der Landwirt war eingeweiht, hatte eine entsprechende Gegengabe erhalten und würde die Maschine als gestohlen melden.

Schwerer war es zu gehen, ohne Abschied nehmen zu können.

Oz hinterließ seinem Vater all sein Geld. Seiner Schwester legte er die Kette der Mutter unters Kopfkissen, eine Mondsteinkette, die er immer als sein Eigentum verteidigt hatte, vielleicht weil er mit Nika am wenigsten Zeit gehabt hatte.

Er hinterließ keine Nachricht wie Samuel, der sowohl für seine Freundin als auch seine Eltern Briefe verfasste, was ihm auch nach vielen Anläufen nur halb glückte.

»Ein Abschied tut nicht weniger weh, wenn alle davon wissen«, sagte Oz.

Doch Samuel bestand auf diese Briefe, und Oz fühlte sich an seinem letzten Besuch im Pfarrhaus wie ein Verräter. Samuel war bei Stana gewesen – er war nachdenklich, abwesend, ein wenig kühl, was umso mehr auffiel, weil Samuels sonst bedingungslose Aufmerksamkeit etwas war, das Oz, wie jeder andere, als selbstverständlich hinnahm.

Der Pfarrer stieg von seinem Fahrrad, mit geröteten Wangen und tief in die Stirn gezogener Mütze, rief etwas über den Hof, vielleicht eine Begrüßung, vielleicht eine Neuigkeit, und Samuel und er sahen vom Korridor aus zu, wie Florentine ihm aus dem Garten entgegenkam, mit der ihr eigenen Anmut und ihrem Ernst, beide nicht ahnend, was sich in dieser Nacht ereignen würde.

Sie flohen zwischen drei und vier, eine Zeit, in der auch Grenzer müde waren. Das Geräusch des Propellers würde sie verraten. Doch bis die Wachen begriffen, dass es kein Bauer war, der seine Felder zu ungewöhnlicher Uhrzeit düngte, wären sie auf der ungarischen Seite. Sie würden so tief fliegen, dass sie unter dem Radar blieben. Das Benzin reichte bis zur österreichischen Grenze.

Samuel startete die Maschine. Alles begann zu vibrieren. Der Sitz, das Blech, die Sichtfenster, der Gurt. Samuels Hände, die den Steuerknüppel umschlossen, vibrierten, ebenso seine Arme, seine Schultern. Oz, der hinter ihm saß und sich diesen Moment oft vorgestellt hatte, merkte, dass diese Szene in seinem Kopf wie ein Stummfilm abgelaufen war. Er hatte die Geräusche vergessen. Die Maschine rollte über den Boden, nahm Fahrt auf. Der Propeller dröhnte, unregelmäßig, als hätte er Schluckauf. Sie hoben ab, alles schepperte, und Oz war sich sicher, dass ein jeder sie hörte, dass dieses Geräusch schon jetzt an der Grenze zu hören war, dass Menschen aus den Häusern traten und alle, auch Katzen und Hunde, selbst die Sonnenblumen auf den Feldern, die Köpfe reckten und zu ihnen hinaufsahen. Man würde sie entdecken, abschießen wie einen Fasan auf der Jagd.

Die Maschine stand schräg in der Luft. Oz' Magen rutschte nach oben. Der Horizont, die Felder, die Weite. Dann holperte das Flugzeug, wie auf einer Straße voller Schlaglöcher. Samuel blickte zur Seite, das Flugzeug machte einen Bogen nach links. Eine Träne rollte über seine Wangen. Der Druck? Die Höhe? Der Abschied? Die Angst? Oz wusste, was Samuel für ihn aufgab, was er für ihn tat. Immer für ihn getan hatte –

nach Schulschluss auf ihn warten, ihm sagen, dass es nicht schlimm war, allein zu sein, sich zu fürchten (vor Mitschülern, Lehrern, Sportunterricht), nur sich der Furcht ergeben war schlimm. Gemeinsam waren sie auf Bäume geklettert, hatten die ersten Schleudern gebastelt, mit denen er Zielen lernte und zum ersten Mal das Gefühl hatte, wehrhaft zu sein. Er schoss Scheiben kaputt, er schoss einem Mitschüler ein blaues Auge. Es brachte ihm Ärger ein, aber es half.

Samuel hatte ihm seinen Spitznamen gegeben, Oswald sei zu lang, und das »Wald« ergebe in seinem Namen keinen Sinn. Der Zauberer Oz, wie er ihm in einem Buch begegnet war, besaß die Fähigkeit, immer in einer anderen Gestalt zu erscheinen. Als schöne Frau, als gefährliches Raubtier oder Feuerball. Jeder sieht in dir, was er will, sagte Samuel, das muss nicht heißen, dass du so bist.

Er hatte den Freund wieder und wieder gefragt, ob er es ernst meine. Ob es das Risiko wert sei. Was mit ihm geschah, war gleichgültig, doch dass, falls der Plan schiefging, Samuels Leben ruiniert sein würde, davon konnte er nicht absehen. Es wird gelingen, sagte Samuel, mit einer Sicherheit, die Oz nicht spürte. Es würde gelingen und ihre Familien würden nachkommen.

Der Flug war ruhiger geworden. Unter ihnen Felder, der Schatten der Propellermaschine. Ein zweiter, lautloser Schatten. Dann verdeckten Wolken den Mond, und beide Schatten verschwanden. Samuel hob die Hand. Das war das Zeichen. Jetzt mussten sie über die Grenze fliegen, eine Linie, die ihr Leben bestimmt hatte. Sie war so allumfassend, die Welt war dort so unumstößlich zu Ende gewesen, dass es nicht überrascht hätte, wäre sie als Strich durch die Landschaft gegangen, um das eine von dem anderen Land zu unterscheiden.

Sie hatten eine Gegend gewählt, die kaum besiedelt war, in einiger Entfernung von bewachten Grenzübergängen. Und doch erwartete Oz in jedem Moment das Geräusch von Maschinengewehren, das Bersten des Flugzeugs, ihr Fallen. Sollte das hier nicht gelingen, gäbe es keine Alternative. Er wandte sich zurück. Am Horizont die Vorahnung des Morgens. Ein lautes, klingendes Blau. Vielleicht dachte er das, weil sich alles nur noch in Geräuschen abspielte. Weil es neben dem Dröhnen des Propellers nichts anderes mehr gab. Die Dämmerung wurde lauter. Seine Hoffnung wurde lauter. Und als ihm bewusst wurde, wie lange sie schon unbehelligt dahinflogen, dass da unten ungarische Felder waren, ungarische Straßen, bemerkte er, dass der Drache, der sie die ganze Zeit begleitet hatte, Mühe hatte mitzuhalten. Er fiel zurück. Erst nur ein Stück, dann so weit, dass Oz ihn kaum noch sehen konnte.

Mit einem Fauchen, das lauter war als alles zusammen, die Maschine, sein Herz, das Blau, rückte der Drache ab. Oz lachte, ein großes, allumfassendes Lachen. Ein hysterisches Lachen. Ein hungriges Lachen. Und Samuel lachte mit. Er hielt mit einer Hand die Steuerung und hob die andere Hand hoch, die Faust geschlossen. Oz schlug ihm auf die Schulter. Sie lachten, bis ihnen die Gesichter wehtaten, bis Samuel Seitenstechen bekam und Oz keine Luft mehr.

Wie oft er auch den Himmel prüfte.

Der Drache blieb fort.

Was dann folgte, ließ sich an zwei Händen abzählen.

Abschied von der Propellermaschine.

Warten auf die Papiere in Österreich.

Ihre Fluchtgeschichte in der Zeitung.

Einbruch des Winters.

Weiterreise nach Deutschland.

Durchgangsstelle für Aussiedler in Nürnberg.

Sprachtest in der Landesaufnahmestelle für Flüchtlinge und Aussiedler in Rastatt, mit dem Ergebnis: Sprechen fließend Deutsch, Sprachtest erübrigt.

Übergangswohnheim.

Frühling.

Das Deutsch, das sie hörten, war gerundet, mit langen Vokalen und vielen Sch-Lauten. Es war ihnen nicht vertraut, und sie wussten, dass sie fremd waren mit ihrer kantigen, eigenwilligen Aussprache. Sie sagten Banat. Und sie hätten Atlantis sagen können, Wunderland, Mittelerde. Sie sagten Rumänien. Und wurden für Rumänen gehalten, als gäbe es eine Übereinstimmung zwischen einem Land und den Nationalitäten, die darin lebten.

Sie suchten ein Lebensmittelgeschäft auf. Die Deutschen kauften in Läden ein, groß wie Lagerhallen. Ihr Einkaufswagen blieb fast ganz leer, die Auswahl überforderte sie. Sie wollten Wasser kaufen und griffen nach dem falschen Kasten. Die Flüssigkeit war durchsichtig, nur eine kleine Zitrone auf dem Etikett verriet, dass es kein Wasser war. Oz dachte daran, wie oft er sich um fünf Uhr morgens in eine Schlange eingereiht und gefragt hatte, was es heute gebe. Mit etwas Glück war dieses »Etwas« nicht gerade dann aus, wenn er an der Reihe war. Er war es gewohnt, von Laden zu Laden zu gehen, auf mehr als eine Ration zu hoffen. Brauchte man etwa neue Schuhe, verkaufte die Schuhverkäuferin sie einem nur, wenn man etwas zum Tauschen hatte.

Hier war alles vorhanden. Immer. Und wenn einmal die Lyoner aus war, entschuldigte sich die Verkäuferin an der

Fleischtheke, bis Oz den Eindruck hatte, er müsste sie trösten. Hier wurde an Ampeln gewartet, bis sie grün waren, auch wenn kein Auto kam. Es gab Leute, die im Dauerlauf durch die Stadt rannten und an Kreuzungen auf der Stelle traten, bis der Verkehr frei war. Oz witzelte, sie seien auf der Flucht vor der Securitate. Es gab Familien mit zwei Autos und andere, die keines hatten, weil sie Rad fuhren, um die Umwelt zu schonen. Oz erklärte es sich so: Weil es alles gab, konnte man sowohl durch Besitz als auch durch Verzicht zeigen, wer man war oder wer man sein wollte. Und weil es so viel gab, mussten die Dinge gleichzeitig getan werden: joggen und den Kinderwagen schieben, fernsehen und sich mit Gästen unterhalten. Dafür saß hier keiner vor dem Haus. Man ging nicht unangemeldet zu Besuch, klopfte niemanden heraus ohne guten Grund, einfach, weil man reden wollte. Es gab von allem zu viel, und von etwas anderem zu wenig – Zeit.

Man tauscht etwas ein, lässt etwas zurück. Was das war, weiß man erst, wenn man fort ist. Und wenn Oz gen Osten sah, war es, als schimmerte der Horizont grün.

»Ich will ans Meer«, sagte er.

Samuel fuhr mit dem Finger auf einer Deutschlandkarte die Küste ab. Wie an einer Perlenschnur strebten die Ostfriesischen Inseln vom Festland fort. Oz tippte weiter oben auf die Karte und zeigte auf eine Insel, die groß genug schien, um sich darauf nicht einsam zu fühlen.

Vom Ort aus führte eine Allee zum Meer. An Weizenfeldern vorbei, an Bäumen, deren Schatten am Abend übers Feld wanderten. Sie waren übergroß. Was an der tiefen Sonne lag, dem flachen Land. Sie verloren ihre runden, verästelten Formen, bekamen lange Gliedmaßen. Oz hatte sein Rad auf einem Flohmarkt gekauft, repariert und auf den Namen Kobielsky getauft. Er fand, es klang verwegen und gutmütig zugleich.

Er mochte den Rückweg. Samuels Meinung nach waren Hinwege (ganz gleich wohin) von Vorfreude geprägt, Rückwege von unbestimmter Leere. Oz hingegen fand, man solle immer irgendwohin fahren, nur damit man Rückwege hatte. Auf dem Rückweg lag das, was man vorgehabt hatte, bereits hinter einem.

Alles, was hinter einem lag, war beruhigend.

Wenn er auf dem Heimweg war, die Weizenfelder goldgrün, die Bäume im abendlichen Stelzentanz, spürte er den Tag im Körper. Die Fingerspitzen waren wach von der Arbeit in den Grünanlagen, die Muskeln warm durch den Tritt in Kobielskys Pedale, die Haut spannte vom heißen Sand, der Kühle des Meeres – eine überraschende, nie ganz vorauszusehende Kühle, auch im Sommer. Er mochte den Geruch des Kiefernwaldes, den leicht ansteigenden Sandweg der Düne, das Einsinken der Schritte, die unvermittelte Weite des Strandes. Er mochte es, sich kopfüber in die Wellen zu stürzen, ohne Zögern, um schneller zu sein als die Empfindung der Kälte. Dann vergaß er, dass sein Rücken schmerzte, dass sein Kollege ihn als Schwuchtel bezeichnet hatte, weil er Kopfhörer gegen den Lärm einer Motorsäge verlangt hatte. Es klang wie eine Beleidigung, aber was genau damit gemeint war, wusste Oz nicht.

Vor dem Rückweg lag der Hinweg.

Und vor dem Hinweg lag der Tag.

Und vor dem Tag die Nacht.

Oz schlief auf einer Matratze auf dem Boden, ebenso Samuel. Ihre Wohnung zeichnete sich durch eine gewisse Vorläufigkeit aus. Sie hätten in einer halben Stunde packen können, ohne etwas zurückzulassen. Oz lag wach und dachte an seine Familie. Es hieß, die Versorgungslage sei schlechter geworden. Dass in den Städten stundenweise der Strom abgestellt und alles rationiert wurde, Öl, Kartoffeln, Brot. Er dachte an die weiten, fruchtbaren Felder des Banats und fragte sich, warum das Ausland Lebensmittel aus einem Land kaufte, in dem die Menschen hungerten. Als Flüchtlingen war es ihnen erschwert, Kontakt zu ihren Familien zu halten. Samuel wollte, dass seine Eltern die Papiere für die Auswanderung einreichten, doch Florentine weigerte sich. Er schrieb Briefe an Stana, ohne Antwort. Oz und Samuel sprachen wenig darüber. Es gab eine Abmachung.

Sie lautete: Wir sind jetzt hier. Was gilt, ist das Hier.

Der Preis war zu hoch für Zweifel.

Das Meer lag nun in allen Richtungen. Aber es war nicht schwarz. Wenn Oz die Augen schloss und an eine Farbe dachte, schimmerte es blau. In manchen Nächten mit einem Stich ins Grüne. Manchmal tauchte das Gesicht hinter Gittern auf. Manchmal die grünen Augen seiner Mutter. Nie der Drache. Die Propellermaschine, neben ihr der Drache, zwei Schatten über den nächtlichen Feldern im ungarischen Grenzgebiet – das war das letzte Mal, dass er ihn gesehen hatte.

Nachdem Oz, wie jeden Tag nach der Arbeit, im Meer geschwommen war, radelte er zu seinem Lieblingscafé. Er stellte das Rad ab, bestellte Bier am Tresen und nahm es von einer Frau entgegen, die er noch nie gesehen hatte. Kurze gelockte Haare, runde Brille. Sie trug ein Kleid mit dünnen Trägern, einer war zur Seite gerutscht, was ihr auf aufregende Weise egal zu sein schien. Oz brachte kein Wort heraus. Er sah verblüfft auf ihre kleinen weißen Zähne, die Fältchen um ihre

Augen, die verrieten, wie gern sie lachte. Er fand einen Platz im Freien und zündete sich eine Zigarette an. Am Nachbartisch unterhielt sich der Inselbuchhändler mit einem Mann. Unter einem Stuhl vergrub sich ein Hund im Kies. Kinder rannten zwischen den Tischen umher. Das alles sah und hörte Oz, und er sah und hörte es doch nicht.

Ihren Namen erfuhr er eine Woche später. Er hatte mit Samuel hundert Szenarien durchgespielt, wie er sie ansprechen sollte, doch Samuel war kein guter Ratgeber in diesen Dingen.

»Ich bin Mina«, sagte sie einfach irgendwann.

»Ich bin Oswald. Nenn mich Oz.«

»Wie der Zauberer?«

»Ja.«

»Woher kommst du?«

»Aus dem Banat.«

»Rumänien«, sagte sie.

Und er war froh, sich nicht erklären zu müssen.

Mit einem Mal waren Rückwege nicht mehr wichtiger als Hinwege. Die Felder flogen an ihm vorbei, die Bäume fassten sich bei den Schultern, bildeten eine Gasse, Kobielsky surrte. Die Enttäuschung, wenn sie keine Schicht hatte. Das Glück, wenn sie da war.

Noch bevor er seinen zurechtgelegten Satz sagte, der im Moment des Aussprechens in alle möglichen Varianten zerfiel – willst du mit mir, falls du, hast du Lust, würdest du einmal, hättest du vielleicht, ich würde dich gerne –, sagte sie ja.

Er trug sein bestes Hemd, seine beste Hose. Dann schämte er sich, als er sie sah. In einem Leinenkleid, mit einem Schal, achtlos um die Schultern drapiert, schön wie immer. Er kam sich vor wie in einem Konfirmationsanzug.

»Du meinst es ernst«, sagte sie und lachte.

Auf der Toilette des Restaurants zog er sein Hemd aus. In dem T-Shirt, das er darunter trug, fühlte er sich wohler. Später zog sie ihm auch das aus, mit einer Behutsamkeit und Übung, die ihn beunruhigte. Konnte man verlernen, eine Frau zu lieben?

Eher sich selbst.

Samuel war nicht leicht zu überzeugen gewesen.

»Ich kenne sie nicht«, sagte er.

»Darum geht es ja. Sie kennenzulernen.«

Der Abend war warm. Die See war ruhig. Sie spazierten den Strand entlang, Mina, ihre Freundin Freija, Samuel und Oz. An einer geschützten Stelle breitete Mina eine Decke aus. Oz steckte Fackeln in den Sand, entkorkte eine Flasche Rotwein. Er sah, wie Freija Samuels Nähe suchte, und wünschte, sein Freund wäre gesprächiger.

Sag etwas, dachte er, sie findet dich schön. Jede Frau findet dich schön. Diese anziehende Mischung aus hellem, gewelltem Haar und nussbraunen Augen, aus Stille, Willensstärke und Ehrlichkeit. Oz hatte sich an die Blicke der Frauen gewöhnt, die immer seinem Freund und nie ihm gegolten hatten. Er konnte die offensichtliche Freundlichkeit wahrnehmen, an der Supermarktkasse, am Bankschalter, im Café, das unverhohlene Interesse, die Enttäuschung, weil Samuel sich entzog, nicht einmal wahrzunehmen schien, dass sie sich um ihn bemühten.

Freija stellte Samuel Fragen, berührte ihn wie zufällig am Arm. Samuel duldete ihre Nähe, doch es war nicht auszumachen, ob er sie genoss. Er saß mit angewinkelten Beinen im Sand, die Ellenbogen auf die Knie gestützt, halb zu-, halb abgewandt.

Mina rief etwas und wies mit ausgestrecktem Arm zum Meer.

Das Wasser leuchtete. Es leuchtete grün oder war es blau? Dort, wo die Wellen brachen, als wäre eine lodernde Flüssigkeit angespült worden. Nein, das war zu klein gedacht. Oz sprang auf und sah, dass der ganze Uferstreifen glomm, in schlängelnden, sich unablässig erneuernden Linien.

Mina wollte schwimmen. Es war keine Frage, es war ein Ausruf, eine Unbedingtheit. Und während sich Oz noch in dem Anblick verlor, zogen sich die anderen aus und rannten ins Meer. Ihr Vorsprung war nicht mehr einzuholen. Als er sich auszog, kam er sich unbeholfen vor, in seiner Unterhose, mit seinen langen, dünnen Beinen, und er ärgerte sich, dass er den Moment verpasst hatte, er, der sich am schnellsten von allen in die Fluten stürzen konnte.

Das Wasser nahm diese Gedanken fort. Das gleißende Grünblau war wie kühles Feuer, war etwas, das er im Leben noch nie gesehen hatte. Jede Bewegung schien es zu verursachen, und während vom Strand aus nur die Linie zu sehen gewesen war, wo Meer und Sand zusammentrafen, loderte das Wasser jetzt an seinem Körper, um seinen Bauch, seine Arme und Hände. Freija sprang hoch und ließ sich fallen, eine schäumende Gischt aus Licht. Samuel schöpfte Wasser mit den Händen. Mina schwamm auf Oz zu, eine Lichtflut hinter sich herziehend. Nachdem sie einander wie wild angespritzt hatten, drückte sie sich an ihn. Sie schüttelte ihr Haar, Funken stäubten übers Wasser. Es erregte ihn, kostete ihn Kraft, nicht dem Impuls, dem Drängen nachzugeben. Sie küssten sich, das Wasser wurde wieder dunkel, und für einen Augenblick kam es ihm vor, als habe er etwas in den Wellen gesehen.

Am Ufer leuchteten ihre Fußabdrücke. Freija trocknete sich mit einem Handtuch ab. Samuel hockte am Ufer. Im Sand war ein Name zu erkennen, dann löschte eine Welle ihn aus.

Sana. In Großbuchstaben.

Die Lust traf Oz mit voller Wucht. Mina hatte eine Art, ihn zu verführen, warten zu lassen, bis seine Erregung unerträglich wurde. Ihr Selbstbewusstsein imponierte ihm. Sie ging nackt durchs Zimmer, ohne Scham, setzte sich aufs Klo, während er die Zähne putzte. Sie trug schwere Bierkrüge im Café, kassierte ab, immer einen Spruch auf den Lippen. Setzte sich mitten im Gehweg auf den Boden, um eine Zigarette zu rauchen, nachlässig, trotzig. Wenn sie auf dem Bett lag, ohne die Wölbung ihres Bauchs einzuziehen, mit verwischtem Lidschatten, und er ihre Brüste liebkoste, die feste, weiße Haut, war ihm klar, dass er nie genug von ihr bekommen würde.

Einmal gingen sie zu dritt wandern. Sie übernachteten in einem Zelt, Mina in der Mitte, Samuel und er jeweils am Rand. Das Zelt war offen, Nachtluft strömte herein, ein Käfer hatte sich verirrt. Oz lag wach und hörte auf das unregelmäßige Brummen. Eine warme Hand lag auf seinem Oberschenkel. Die Stelle wurde heiß, die Hitze strahlte in seinen Körper aus, und als er es kaum noch aushalten konnte, fing die Hand an, sich zu bewegen. Tastend, wie unbeabsichtigt, dann regelmäßig. Er versuchte, seinen Atem zu kontrollieren, ein stummer Laut entfuhr ihm. Es war ihm gleich, dass Samuel neben ihnen schlief, er wollte sie küssen, wollte sich auf sie rollen, sie lautlos lieben, doch sie schob ihn weg.

»Es ist zu früh«, sagte Samuel einige Wochen später. Und es klang wie: Sie liebt dich nicht.

Oz hatte ihm offenbart, dass er mit Mina zusammenziehen wollte.

Die Worte seines Freundes trafen ihn. Ein Streit entspann sich, in dem er Samuel beschuldigte, sich bewusst nicht auf andere einzulassen, dass er ihm seine Freundin neidete, ihn daran hindern wollte, sich ein eigenes Leben aufzubauen. Er warf ihm an den Kopf, dass die Flucht für ihn nur ein Experiment gewesen sei, dass es nur darum gegangen war, herauszufinden, ob er es über die Grenze schaffen konnte. Und nun, da sie hier waren, wollte er wieder zurück, würde er all das verraten, wofür sie ihr Leben riskiert hatten.

Samuel verteidigte sich nicht, was Oz noch mehr aufbrachte.

Er redete sich ein, dass er im Recht war, obwohl er wusste, was Samuel für ihn zurückgelassen hatte. Daran wollte er nicht erinnert werden. Er hatte das Gefühl von Schuld satt.

»Du hast Mina nie akzeptiert.«

»Sie meint es nicht so ernst, wie du es dir erhoffst«, sagte Samuel.

»Woher willst du das wissen?«

Samuel versuchte auszuweichen, doch Oz ließ nicht locker, bis Samuel gestand, dass in jener Zeltnacht Minas Hand auch bei ihm gewesen sei. Dass er gespürt hatte, wie sie sowohl ihn als auch Oz liebkoste, dass er ihre Hand irgendwann weggeschoben hatte – dass er es früher gewollt, aber nicht gekonnt hatte.

»Irgendwann ist ein bequemer Zeitpunkt«, sagte Oz.

Er erinnerte sich daran, wie Samuel am Morgen mit einem Buch am Feuer gesessen hatte, als er mit Mina aus dem Zelt kroch. Sein Gesicht war blass gewesen, er hatte den ganzen Vormittag kein Wort gesagt. Dieses Schweigen machte ihn schön. Dieses Schweigen rückte ihn fort. Dass sein Freund in jener Nacht in den Genuss von Minas Hand gekommen war, erregte ihn auf nicht näher zu bestimmende Weise, rückte Lust und Wut nahe zueinander und war doch etwas, das er ihm nie würde verzeihen können.

Samuels Bett blieb in dieser Nacht leer.

»Wo bist du gewesen?«, fragte Oz.

»Ich habe aufs Wasser geschaut und mir vorgestellt, dass alle Meere und Flüsse und Bäche miteinander verbunden sind.«

Das war ein typischer Samuel-Satz.

Sie taten, als hätte es ihren Streit nicht gegeben. Aber es hatte ihn gegeben, und er hatte einen Riss hinterlassen, der es ihnen, trotz aller Bemühungen, nicht mehr erlaubte, einander nah zu sein.

Oz schlug Samuels Rat in den Wind und fragte Mina.

Sie lagen auf dem Bett und rauchten. Er war sich nicht sicher, ob sie ihn gehört hatte. Er wiederholte seine Frage.

»Willst du mit mir zusammenziehen?«

Er wollte sich nicht mit ihr verabreden müssen, sich fragen, wann er sie wieder treffen konnte. Er wollte sie jeden Morgen sehen. Wie sie sich im Bad fertig machte, ankleidete, telefonierte, mit angezogenen Beinen vor dem Fernseher saß. Wie sie ungeduldig an der Tür auf ihn wartete, weil ihn Zweifel überkamen, ob er das Richtige trug. Er wollte aufbleiben, bis sie von der Spätschicht nach Hause kam, wollte für sie kochen, für sie sorgen, immer um sie sein.

Mina rauchte, ohne ihn anzusehen. Sie drückte die Zigarette aus, blieb eine Antwort schuldig. Als er sie das zweite Mal liebte, kam er zu früh. Im Schlaf wandte sie sich von ihm ab.

An den darauffolgenden Abenden arbeitete sie im Café. Am dritten Abend war sie müde. Am vierten Abend fuhr er zu ihrer Wohnung, sie ließ sich an der Tür von ihrer Mitbewohnerin verleugnen. Er rauchte an der Laterne vor ihrem Haus, sah zu dem Fenster hinauf und meinte, eine Bewegung der Vorhänge wahrzunehmen.

Die Gesten ihrer Abweisung.

Ein zu früh abgewandter Blick. Eine Stimme, die ins Mitfühlende abrutschte. Die freundschaftliche Berührung seines Unterarms. Flüchtige, rasche Küsse auf die Wange.

Er rebellierte gegen diese Zurücknahme. Er erklärte sich, entschuldigte sich, warb um sie. Als er eines Abends zur Sperrstunde vor dem Café wartete, an Kobielsky gelehnt, kam sie mit einem fremden Mann auf die Straße. Er hatte den Arm um sie gelegt, und während Oz überlegte, wie er das zu verstehen habe, küssten sie sich.

Oz betrank sich in einer Bar. Kam mit zwei Männern ins Gespräch, zog mit ihnen weiter, doch als er mit drei spendierten Bieren an den Tisch trat, waren sie fort. Ein Mann am Nebentisch sah ihn forschend an und schlug die Beine übereinander. Seine Schuhe glänzten, die Spitzen zeigten auf ihn, als wollten sie sagen: Da bist du.

Oz spürte einen Schmerz, ohne dass er sagen konnte, woher er rührte, und er erinnerte sich, wie er die Hände auf den Bauch seiner Mutter gelegt hatte, damit es nicht so wehtat. Er sah ein Zellenfenster im Mondschein, ein Gesicht, das darin auftauchte, bis es eines Tages nicht mehr auftauchte, nicht mehr da war.

Kobielskys Licht flackerte. Das Rad sirrte, wenn es eine Unebenheit überwand, lockere Pflastersteine, Wurzeln unterm Asphalt. Oz trat in die Pedale, seine Waden brannten.

Auf den Feldern der Tanz der Stelzenbäume. Auf dem Meer eine blasse Silberspur, vom Ufer bis zum Horizont. Oz ließ sein Rad in den Sand fallen.

Das Wasser war dunkel. Mit allem verbunden.

Marea Neagră.

Oz schwamm weit hinaus.

Er hatte immer den Eindruck, es gebe irgendwo ein Gegengewicht, das ihm im Weg stand, seine Richtung abfälschte, ihn an den Rand schob. Die eigene Kraft dagegensetzen – warum?

Eine wirbelnde Bewegung in den Wellen. Ein Geruch wie an einem kühlen Waldsee. Silbrig helle Schuppenhaut, Feuer.

Leg dich auf meinen Rücken, flüsterte der Drache. Ich nehme dich mit.

»Ist es weit?«

Mit Weite kannte sich der Drache aus.

Jupiter

Benes Tante führte einen Buchladen. In einem reetgedeckten Haus, unweit des Bahnhofs, in einem der schönsten Orte der Insel.

Zunächst hatte er die Bücher ausgepackt, etikettiert, sortiert, abgestaubt, bei der Abrechnung geholfen. Nach einem Unfall seiner Tante – ein unbedachter Schritt von einer Trittleiter – und einem mehrwöchigen Krankenhausaufenthalt sprang er ganz ein. Da sich herausstellte, dass er Talent hatte, und seine Tante auch nach einer Kur nicht mehr voll arbeiten konnte, übernahm Bene das Geschäft.

Er löste die alphabetische Ordnung auf, legte Bücher gut einsehbar auf Tischen aus, ergänzte das Sortiment durch Spirituosen und Tinnef, schaffte Postkartenständer an. Die Kinderabteilung wurde mit Schafsfellen ausgelegt, ein Schaukelpferd und ein Ohrensessel zogen ein. Seine Tante fand das übertrieben, ein Buchladen sei weder ein Kinderhort noch ein Souvenirgeschäft, aber da die Kundschaft überwiegend aus Frauen bestand und diese ganz offensichtlich für ihren Neffen schwärmten, ließ sie ihn machen.

Der Erfolg gab Bene recht.

Verlangte jemand ein Buch gegen schlechte Laune, hatte

er eine Idee. Sagte jemand, dass er überhaupt nicht gerne las, fragte er sich zwar, warum derjenige ausgerechnet eine Buchhandlung aufsuchte, nahm die Herausforderung aber an. Fragte ein Kunde nach »Der Name der Malve«, rückte er, ohne zu belehren, die botanische Verwirrung zurecht. Fragte eine Kundin nach »Hundert Jahre Zweisamkeit« oder dem »Mann ohne Leidenschaften«, wusste er es zu deuten und nahm sich besonders viel Zeit zum Plaudern.

Auf einem runden Tisch lagen seine Empfehlungen. Klassiker, Gegenwartsliteratur und, was Bene ein besonderes Anliegen war, DDR-Literatur. Johnson und Fries und Wolf sowieso. Außerdem Literatur aus Osteuropa: Pastior, Bánffy, Márai, Kafka. Welchen Wert hatten Buchläden sonst, als dass man persönliche Empfehlungen erhielt? Die Versuchung war groß, jedem ein Buch vom runden Tisch aufzuschwatzen, klüger aber war es, durch geschickte Fragen Vorlieben und Interessen der Kundschaft herauszufinden. Kannte man sie, sprach nichts dagegen, die Grenzen ein wenig auszuweiten. Das gelang nicht immer. Es gab Kunden, die führte Bene ohne Umschweife zur Kategorie überschätzte Bücher, jene allgemein herumgereichten Werke, die man vermeintlich nicht aus der Hand legen konnte, die die Stimme einer Generation und kaum zu genießen waren, einen aber schon beim Kauf auszeichneten.

Wiederum: Hauptsache, die Leute kauften Bücher.

Bücher leihen war ihm ein Gräuel. Bücher musste man besitzen. Geliehene Bücher zu lesen war wie Sex mit angelassenen Klamotten. Es ging ohne Zweifel, brachte auch zuweilen Spaß, aber es war kein Vergleich zur Möglichkeit, jede noch so entlegene Stelle der Haut küssen und berühren zu können. Nur in eigenen Büchern konnte man anstreichen, Seiten mit

Eselsohren markieren, Gedanken am Rand notieren, Zettel einlegen, Kaffeetassen- oder Weinglasränder hinterlassen. Bücher hatten schließlich nicht umsonst einen Körper.

Es fiel Bene schwer, sich zusammenzureißen, wenn Kunden sich über eine Lektüre unterhielten und einer zum anderen sagte, leise, damit er es nicht hörte, aber eben nicht leise genug, er könne ihm das Buch leihen. Leihen! Leihen konnte man sich ein Auto, Geld, den Akkuschrauber oder Rasenmäher. Aber Bücher? Bücher dufte man sich nur leihen mit dem festen Vorsatz, sie nie, unter keinen Umständen, zurückzugeben.

Sollte der ehemalige Besitzer danach fragen, musste man sich wahlweise taub stellen, unschuldig, vergesslich, trottelig, in jedem Fall aber entschieden zurückweisend.

Das Buch? Längst zurückgegeben.

Dein Buch? Nie gehabt.

Ein Buch war nicht mehr dasselbe, wenn man es gelesen hatte. Verlor Bene ein Buch oder lieh es jemandem (der ihm vermutlich genau zugehört hatte), stand fest, dass er es nochmals kaufen und lesen musste, damit es wieder *sein* Buch wurde. Gott bewahre ihn vor einem Wohnungsbrand und der damit verbundenen Notwendigkeit, alle Bücher nochmals lesen zu müssen. Schon einmal hatte er seine Bibliothek zurückgelassen.

Er fand, einmal reichte.

Bene hatte ein Gedächtnis für Bücher.

Nein, Bücher waren sein Gedächtnis.

Sie bewahrten die Zeit auf, in der er sie gelesen hatte.

In einem Urlaub, dem letzten gemeinsamen als Familie, offenbarten die dünnen Wände, wie es um die Ehe seiner Eltern stand. Bene schloss mit Kästner Freundschaft und erfuhr, dass sowohl Tapferkeit als auch deren Mangel so unauffällig wie möglich auszuüben waren. Am Ende des Sommers zog der Vater aus. Bene half seiner Mutter, räumte Schränke aus, stellte Möbel um, brachte Müll hinunter. Zum Weinen gingen beide in ihre Zimmer. Mit dem Trösten war es wie mit dem Herumlärmen am Morgen – man durfte nicht zu früh beginnen.

Chlorgeruch und das Gefühl der bloßen Füße auf nassen Fliesen. Durchs Hallenbad gellende Anweisungen, aufspritzendes Wasser. Der Abdruck der Schwimmbrille, der noch im Bus zu sehen war. Wärme, Müdigkeit, brennende Scham. Wie die Jungs unter der Dusche lachten, sich auf die Schultern schlugen, einander mit Nachnamen riefen. Küri, sagten sie zu ihm, eine Abkürzung für Küring. Es gefiel ihm. Wie sie sich einseiften, einander aufzogen, wie sie das Wasser von den Haaren schüttelten, und er machte mit und tat, als sähe er nur beiläufig hin. Ein absichtsloser Blick, der etwas wahrnahm, das immer dagewesen war und sich doch über die Zeit verändert hatte, Schulterknochen, Oberarme, Hüften und jene Stelle, wo Oberkörper und Bauch endeten und etwas begann, das ein klares, nicht zu verleugnendes Verlangen in ihm auslöste.

Zufälle gebe es nicht, las Bene im Demian, und Angst habe man nur, wenn man mit sich selbst nicht einig sei. Bene gab das Schwimmen auf, als er Stufe Drei des Schwimmabzeichens erreicht hatte. Noch heute, wenn ihm die blaue Taschenbuchausgabe in die Hände fiel, war es, als säße er in der frühen Dunkelheit des Herbstes im Bus, mit müden Gliedern, nassem Haar und jener aufregenden und beängstigenden Erkenntnis, anders zu sein.

Das Sofa seiner ersten Wohngemeinschaft war fleckig, die Kissen fadenscheinig, die Decke ungelüftet. Dulcinea assoziierte er nicht mit Rosen, sie hatte für alle Zeit das Aroma von Staub und Mottenkugeln. Es schien ratsam, die Weltliteratur auf andere Sitzgelegenheiten zu verlegen. Etwa den Schaukelstuhl seiner Mitbewohnerin Inge, eine Parkbank oder die Bibliothek, wo die Lektüre mit sozialistischen Einbänden getarnt werden musste. Ob Schiller sich in einem roten Gewand von Marx wohlgefühlt hätte? Es war verzeihlich, dass der Schwabe Süßwasserfische ins Meer dichtete, er hatte es nur in seiner Phantasie bereist. Schiller tröstete ihn. Wenn diesem Dichter in der Schule ein mittelmäßiger Verstand bescheinigt wurde, konnte auch aus ihm noch etwas werden.

Bene bemühte sich, etwas zu werden. Doch zunächst wurde er nur fett. Das mochte daran liegen, dass er keinen Sport trieb, an der schlechten Ernährung (billiger Kohl, Eier mit Speck) und daran, dass man beim Lesen zwar viel herumkam, dabei aber leider nicht allzu viele Kalorien verbrauchte. Bei Benjamin hatte er gelesen, dass es Orte gab, die sich nicht lückenlos an den Hausstand anschlossen, etwa das Bett nach einer langen Zeit des Krankseins, und es stand zu befürchten, dass sich seine Leidenschaft für Bücher insgesamt schlecht an das anschloss, was Leben genannt wurde. Er ging zur Universität, trug seinen Teil zum Haushalt bei, radelte durch die Stadt und konnte doch das Gefühl nicht abschütteln, dass das Abenteuer immer dort stattfand, wo er gerade nicht war. Blieb er zu Hause, verpasste er eine legendäre Party. War er auf einer Party, war es eine, von der schon am nächsten Tag niemand mehr sprach. Was er auch tat, wo er auch hinging, das Leben war schon durchgezogen. In Büchern aber war er mittendrin. Hier wurde nur gespielt, wenn er anwesend war, und war er es nicht, wurde auf ihn gewartet.

In der Warteschlange vor dem Colosseum lernte er Lothar kennen.

Lothar, der ebenso oft ins Kino ging wie Bene, fragte ihn irgendwann, ob es bei ihm einen Wasserschaden gegeben habe. Sie hatten wieder gehen müssen, da die Vorstellung ausverkauft war.

Bene kam nicht über Lothars Stimme hinweg.

Es war eine Stimme, die perfekt zu Sätzen passte wie: »Frankly, my dear, I don't give a damn.« Oder: »Wenn ich will, dass die Vögel tot von den Bäumen fallen, dann fallen die Vögel tot von den Bäumen!«

Bene fiel am Abend mit Herzklopfen ins Bett. Was an dem vielen Kaffee lag, den er trank, und daran, dass es unmöglich war, verliebt zu sein *und* regelmäßig zu essen. Das Gute war: Er nahm ab. Sein früherer Körper kam wieder zum Vorschein, und weil ihm dieser gefiel, ging Bene wieder regelmäßig schwimmen. Zum Duschen nahm er eine Einzelkabine.

Lothar war einer, der mit langen Unterhaltungen nicht viel anfangen konnte. Der eine klare Haltung hatte, bei Entscheidungen schnell sein Urteil fand. Dessen Zärtlichkeit von einer Bestimmtheit und Kraft war, die jenseits von Zögerlichkeit, Hemmung lag. Von ihm lernte Bene, was Liebesleute tun, die nicht Mann und Frau waren. Mit ihm war es, als fände das Leben immer dort statt, wo sie hingingen – ins Kino, ins Theater, und es hatte Reisen gegeben, in denen sich das Leben verdichtete, jede Zeit und jedes Ziel aufhob. Überkamen ihn Zweifel oder Unsicherheit, genügte ein Blick in Lothars Augen, und Bene hatte die Gewissheit, in ihnen aufgehoben zu sein.

Er wusste nicht, dass sie Gefahren genauso ausgesetzt waren wie andere Paare. Ihnen konnte passieren, was anderen passierte.

Während Bene sein Studium abschloss und Mittelstufenschüler in Deutsch und Geographie unterrichtete, brach Lothar sein Studium ab, wurde Nachrichtentechniker und trat in die SED ein. Er hatte kein Interesse mehr daran, ins Kino zu gehen, zu reisen oder mit Bene in der Öffentlichkeit gesehen zu werden. Eines Abends sagte er, dass er sich trennen würde. Bene sah in Lothars Gesicht, diesen vertrauten, weichen Zügen, in denen die Nase mit einem Mal merkwürdig groß hervortrat, dass die Trennung nicht in der Zukunft lag oder jetzt geschah, sondern lange vollzogen war. Schon als er am Morgen aus dem Haus gegangen war, mussten sie getrennt gewesen sein, und er fragte sich, warum er diese Trennung nicht bemerkt hatte, dass sie ihm mitgeteilt werden musste, obwohl sie doch mitten durch ihr Leben gegangen war, mitten durch ihn.

Die Wohnung wurde seine Zuflucht. Er versuchte zu lesen, aber weder Seghers noch Canetti konnten ihn erreichen. Er sah aus dem Fenster, wo Mütter ihre Kinder nach Hause begleiteten, Lebensmittel angeliefert wurden, Jungs am Straßenrand saßen und Vögel in den Bäumen, wie es schon immer gewesen war, wie es immer sein würde, ganz gleich, wie es um ihn stand. Er aß Nudeln oder Reis, nur, um keinen Hunger zu spüren, trank die Wein- und Schnapsreserven leer. Die Wohnung löste sich vom Haus, der Straße, der Stadt, war ein abgetrennter Bezirk, in dem ein Mann im Morgenmantel aus dem Fenster sah und nicht wusste, wie sich sein Leben wieder anfügen ließ, an Waren, Mütter, Jungs, Vögel.

Es gab verschiedene Einsamkeiten.

Die des Berges, der schon immer da war. Die der offenen Landschaft und des Gefühls des Verlorenseins. Die der Großstadt mit ihrer Gleichgültigkeit. Es gab die Einsamkeit des Lehrerzimmers, der überfüllten Straßenbahn, der leeren Wohnung. Jene, die von Vorwürfen ausgelöst wird, begleitet von Wörtern wie »nie« oder »immer«, ganz gleich ob von jemand anderem oder als Selbstanklage. Es gab die Einsamkeit, nachdem sein Vater gegangen, seine Mutter, Jahre später, gestorben war und ihm bewusst wurde, jetzt hast du niemanden mehr. Aber die größte aller Einsamkeiten war die des Verlassenen. Wo ein anderer gewesen war, war jetzt nichts mehr. Es musste alles neu erfunden werden, wie man durch den Tag kam, was gegessen werden sollte, wer man war.

Man hatte keine Ahnung, unter welcher Gnade man lebte, wenn man gerade nicht verlassen wurde.

Bene packte einen Rucksack (von seinen Büchern nahm er nur den Rom-Reiseführer mit), fuhr spätabends mit dem Zug nach Potsdam und per Anhalter weiter zu einer Raststätte an der Transitautobahn. Dort kletterte er in einen unverschlossenen LKW, versteckte sich in einem Karton mit Spielzeug – und kam so in den Westen. Grenzer hatten die Ladefläche kontrolliert, und sie wären bis zu ihm gekommen, hätte sich nicht ihr Spürhund über ausgepackte Waren erbrochen, was zu Streit und vorzeitigem Abbruch der Durchsuchung führte. Erst in diesem Moment wurde Bene bewusst, in welche Gefahr er sich und den LKW-Fahrer gebracht hatte. Seine Flucht war eine Sache von mehreren, rasch getroffenen Entschlüssen gewesen. Entschlüsse waren fortan kein Hoheitsrecht mehr von Lothar.

Auch wenn man später mit seiner Jugendlektüre nichts

mehr zu tun haben wollte – Angst hatte man eben nur, wenn man mit sich uneins war.

Das ist einer, der nur schaut, war sein erster Gedanke. Kommt in den Laden, stöbert herum, befühlt die Einbände, liest hinein (ein Warten auf die zufällige Verführung einiger Sätze), sieht sich Klappentexte an, Autorenporträts. Wirft zuletzt einen Blick zur Ladentheke und geht mit einem höflichen Gruß. Gekauft hatte er nie etwas, gesagt auch nicht. Aber schön war er.

Immerhin einer, dem man gerne zusieht, dachte Bene.

Dem man gern bei einigem zusehen würde.

Vielleicht würde der Herumstöberer etwas klauen, wenn man ihn aus den Augen ließ – was Bene jedoch nur vorgab. Er konnte beschäftigt tun und dabei etwas oder jemanden genau beobachten. Eine Fähigkeit, die immer nützlich gewesen war. Er nannte das sein Fritz-Egner-Gesicht. Es war gut, wenn man sich verschiedene Gesichter zulegte, klüger, als sich nur auf jenes zu verlassen, das einem mitgegeben worden war und mit dem man das größte Pech haben konnte. Auch wenn man sich das natürlich nicht gern eingestand. Vor allem Männer nicht.

Der Typ musste am Hafen arbeiten. Er trug Gummistiefel und Regenjacke. Außerdem roch er nach Fisch. Fischgeruch zwischen Büchern macht sich nicht besonders gut. Aber des Ladens verweisen konnte er ihn auch nicht, er war immerhin ein potentieller Kunde. Außerdem sah er zu gut aus. Ein minder attraktiver Mann mit Fischgeruch hätte hier nicht so lang herumstöbern dürfen.

Vielleicht richte ich eine Box für Ladenhüter ein, dachte Bene. Eine Mark das Buch.

Und tatsächlich, ein paar Tage später schob ihm der Typ E.T.A. Hoffmanns »Goldenen Topf« über die Theke, mitsamt Münze.

Bene gab jeden Herbst ein Fest im Buchladen und sprach, ehe er darüber nachgedacht hatte, eine Einladung aus.

»Warum?«

Bene war so überrascht von dieser Rückfrage, dass er ins Stottern geriet. Dieser Typ hatte soeben sein erstes Buch gekauft. Noch dazu eines aus der Eine-Mark-Kiste. Was für eine bescheuerte, ganz und gar offensichtliche Anmache.

»Danke.«

Es klang nicht wie eine Zusage.

Trotz der Kälte öffnete Bene ein Fenster. Er dachte an seine erste Zeit in Westberlin, bevor er (da er lange genug in einer Stadt mit einer Mauer gelebt hatte) zu seiner Tante ans Meer übersiedelte. Bene war bei einem Mann untergekommen, der beruflich viel reiste. Wenn er fort war, beließ Bene in der Wohnung alles so, wie es war. Nicht einmal den Radiosender stellte er um, obwohl er sich aus Klassik nichts machte. Es war eine Erleichterung, wie ein anderer zu leben. Jemand, der einen Lieblingsradiosender hatte, Kakteen, ein Farbkonzept, jemand, der sich das Leben so und nicht anders eingerichtet hatte. Bene hielt sich mit einem Job in einer Müllsortieranlage über Wasser. Den Geruch wurde er auch nach Feierabend nicht los. Das ist nicht nur ein Job, das *bist* du dann, dachte er. Aber es war keine schlechte Arbeit. Man vertrieb sich die Zeit – erzählte Witze, reichte heimlich einen Flachmann herum, schlug Pornohefte auf, als Gruß für die weiter unten am Band. Es wusste ja keiner, dass nackte Brüste in Bene nichts auslösten.

Bene stand am Fenster, sah dem Hafenarbeiter nach, der

auf einem Fahrrad davonfuhr, und dachte: Das ist auch einer mit dem Geruch eines Lebens, von dem er nie geträumt hat.

Die Mauer fiel.

Der ganze Ostblock, Ungarn, Polen, Bulgarien, Jugoslawien, die ČSSR, war im Begriff auseinanderzufallen, weil die Sowjetunion auf Reformen gesetzt hatte. Nur in Rumänien herrschte bleierne Ruhe.

Der Eiserne Vorhang, hieß es, war zerbrochen, und Bene dachte darüber nach, wie selbstverständlich man in Metaphern lebte. Auch etwas, das über Jahrzehnte das Leben unzähliger Menschen bestimmt hatte, konnte fallen, konnte zerbrechen, und er fragte sich, ob Metaphern Erfahrungen verbergen oder zum Vorschein bringen. Wenn man anders darüber sprach, würde man es auch anders erleben?

Bene wurde gefragt, warum er nicht nach Berlin fuhr. Er sagte, er könne den Laden nicht schließen. Seine Tante bot ihm an einzuspringen. Das sei nicht nötig, sagte Bene, und gerade jetzt vor dem Weihnachtsgeschäft ganz unmöglich.

Jeden Abend nahm er die Tagesschau und alle Sondersendungen mit dem Videorecorder auf. Bilder von Leuten, die Zäune einrissen, auf die Mauer gezogen wurden, einander umarmten, untätige Grenzer, die bläulich schimmernde Frisur von Honeckers Frau.

Es war ein milder Herbst ohne Schnee. Die Heidelandschaft perlte ins Lilafarbene. Noch immer hielten sich vereinzelt Hagebutten in den Büschen. Die Häuser duckten sich im Wind. Die Reetdächer sahen aus wie Mützen, ins Gesicht gezogen, tief über Stirn und Ohren. Das Dünengras war novembergelb. Dann nur noch Meer, Himmel und Sand. Wellenrauschen, das Geräusch der eigenen Schritte. Vielleicht eine Möwe. Bene schritt aus wie jemand, der irgendwo ankommen muss. Erst allmählich wurden seine Schritte langsamer. Auch die Gedanken. Er ließ die Traurigkeit zu, die sich immer einstellte, wenn etwas so ruhig war, so leer, so einsam, so vollkommen, so schön.

Orte, die all die Jahre nur in seiner Erinnerung zugänglich gewesen waren, konnten wieder bereist werden. Mitte, Friedrichshain, Prenzlauer Berg. Ihm kam der Gedanke, dass er keinen Ort zurückgelassen hatte, sondern einen Lebensentwurf. Den Mittelstufenlehrer, der am Abend sein Glück im Colosseum versucht, die Panke entlang radelt, Bücher in Tarneinbänden liest. Den Schwimmschüler, der taucht, krault, auf dem Rücken schwimmt, zig Mal vom Beckenrand ins Wasser springt und wieder hinausklettert – er war immer unter den Letzten gewesen bei Wettbewerben auf Zeit. Es hatte ein Leben gegeben, das für ihn vorgesehen war. Sich ein neues zu erfinden, hatte Kraft gekostet, und er wusste jetzt, wo die Grenzen offen waren, nicht mehr, für welches er gedacht war.

Bene konzentrierte sich aufs Gehen, bückte sich dann und wann nach einer Muschel. Es gab nicht viele Fußspuren. Die meisten waren mit energischer Hacke eingeschlagen, andere gleichmäßig, wie von jemandem, der sein volles Gewicht zurückhält.

Zunächst war es nur ein Umriss. Dann erkannte Bene, dass es ein Mann in gelber Windjacke war. In der Hocke kauernd, das Gesicht in den Händen.

Bene blieb stehen.

Der Mann hob den Kopf.

Es war der Eine-Mark-Typ.

»Ist alles in Ordnung?«, fragte Bene, wie man eben fragt, wenn etwas nicht in Ordnung ist.

»Ich denke an einen Freund.«

Etwas am Klang seiner Stimme – er sprach ein Deutsch, das weich in die Worte einsank – bewog Bene dazu, neben ihm in die Hocke zu gehen. Er betrachtete ihn aus den Augenwinkeln. Ein klares Profil, wie in einer einzigen Linie zu Papier gebracht. Gerade Augenbrauen, kleine Ohren. Nase und Augen waren gerötet. Das Salz, die Kälte.

Sie sahen aufs Wasser. Ein Kutter trug eine Bugwelle vor sich her.

Als Regen einsetzte, gingen sie über die Düne zurück zur Straße.

»Ich bin Bene.«

»Samuel.«

Sie gaben einander förmlich die Hand.

Wenn Bene Samuel von der Arbeit abholte, gönnte er sich frische Austern. Er mochte die Schalen, die aussahen wie vom Anbeginn der Zeit, den nassen, salzigen Geschmack. Samuel schmeckten sie zu intim. Er wusch Muscheln in einer Blechwanne (ein sandig-klapperndes Geräusch), sortierte den Fang des Tages, nahm Fische aus und legte sie sorgfältig auf zerstoßenes Eis.

Aufs Meer war er noch nie hinausgefahren.

Sie gingen ins Kino, das einzige, das es auf der Insel gab. Seit dem Sommer lief der neue James Bond. Timothy Dalton konnte man sich immer ansehen. Benes Filme des Jahres waren »Magnolien aus Stahl« (Sally Field und Julia Roberts in einem Film!) und »Im Rausch der Tiefe«. Wer hier nicht den traumgleichen Bildern des Meeres verfiel oder sich hoffnungslos verliebte, dem war nicht zu helfen.

Es war rasch klar, dass Samuel sich nichts aus Männern

machte. Seit Lothar hatte Bene keine feste Beziehung, einige Liebschaften, meist Urlauber – die Auswahl unter den Einheimischen war beschränkt. Er glaubte nicht an platonische Beziehungen unter Männern und hatte insgeheim die Hoffnung, dass Beständigkeit den ersehnten Zustand herbeiführen würde oder einfach die Zeit, wie bei Harry und Sally.

Einmal verhedderte sich auf einem Spaziergang der Reißverschluss seiner Jacke. Er zerrte daran herum, bis sich der Zipper endgültig verhakte, weder vor noch zurück zu bewegen war. Der Eigensinn der Dinge konnte ihn maßlos ärgern, und er war kurz davor, die Jacke über den Kopf zu ziehen und auf den Boden zu werfen. Samuel trat an ihn heran, so nah, dass Bene den Geruch seiner Haare wahrnehmen konnte – einen Geruch, der nichts Fischiges hatte, der schwebend war und sacht – und widmete sich dem Reißverschluss mit einer Geduld, die ihn beeindruckte und in Unruhe versetzte.

Wie lange schon, fragte er sich, wohnte diese Ruhe in Samuel? Hatte er mit ebenjenem Gleichmut Streit abgewehrt, Ängste verborgen, seinen ersten Kuss verschenkt? Wie wäre es, jetzt seinen Kopf in beide Hände zu nehmen, das Kinn anzuheben, die sandfarbenen Augen anzusehen, so lange, bis sich der andere ergab. Ihre Lippen würden sich öffnen, er könnte etwas von der Kühle schmecken, die in Samuels Mund wohnte, etwas, das sich verbarg, berühren.

Samuel stand mit gesenktem Kopf vor ihm, fingerte vorsichtig an dem Haken, bis er sich wieder bewegen ließ.

»Danke«, murmelte Bene und ging voraus. Was machst du hier eigentlich, dachte er. Der Kerl ist fünfzehn Jahre jünger als du. Er will nichts von dir. Außerdem schweigt er sich permanent aus.

Bene mochte, wie sich die Gedanken beim Sprechen sortierten. In Unterhaltungen fühlte er sich lebendig. Selbst Kundengespräche, tagein, tagaus, die oft über Bücher hinausführten, zu dem, was die Leute erlebten, was sie beschäftigte, ermüdeten ihn nicht. Ein guter Buchhändler wusste einiges von seiner Kundschaft.

Samuels Äußerungen ging ein langes Schweigen voraus. Sprach er sie aus, gab es daran nichts zu rütteln oder zu korrigieren. Sein Schweigen war nicht vorsätzlich, doch für Bene konnte es mitunter wie eine Strafe wirken. Wortkargheit an anderen Menschen langweilte ihn. An Samuel war auch das schön. Es war eine Schweigsamkeit, die aus einer langen Einsamkeit herrührte, und nur jemand, der mit dem Alleinsein vertraut war, erkannte sie als solche.

Bene blieb länger in der Buchhandlung, ging alleine spazieren, holte Samuel nicht mehr so oft von der Arbeit ab, wie um sich selbst davon zu überzeugen, dass er die Nähe dieses Mannes nicht brauchte. Samuel verstand die Zeichen. Als er sich eine Weile nicht im Laden blicken ließ, kam sich Bene mit einem Mal töricht vor. Er reservierte Kinokarten (er reservierte immer, obwohl es erfahrungsgemäß genug Karten gab) und holte Samuel am Muschelbecken ab.

»Ist dein Job nicht langweilig?«, fragte er ihn eines Tages.

»Nichts ist langweilig«, antwortete Samuel und meinte es auch so.

Was Samuel tat, tat er konzentriert, als gäbe es nichts Wichtigeres, selbst wenn er Butterbrote schmierte oder sich die Schnürsenkel band. Manchmal musste Bene angesichts dieser kindlichen Ernsthaftigkeit lachen, wusste aber die damit einhergehende Geduld zu schätzen. Bene weigerte sich, nach dem Essen zu spülen, bestand hingegen darauf, dass nach Verlassen des Sofas die Decke zusammengelegt wurde.

Ein Sofa mit unordentlicher Decke wühlte ihn auf. Samuel kommentierte weder seine mit Büchern gefüllte Badewanne (eine Reminiszenz an André Gide) noch seine Rom-Obsession, die, wie Bene mutmaßte, davon herrührte, dass seine Mutter ihm einen katholischen Namen gegeben hatte. Samuel, das konnte er in der Fischhalle beobachten, kam mit allen aus: den Bärbeißern, Besserwissern, Schwätzern und Schöntuern – beiderlei Geschlechts. Nur bei Unpünktlichkeit fuhr er aus der Haut.

Als Bene wiederholt mehr als eine Viertelstunde zu spät kam, musste er sich anhören:

»Was du einem anderen nie stehlen solltest, ist Zeit. Zeit kommt nicht zurück. Nicht die Zeit, die du auf jemanden wartest, nicht die Zeit der leeren Versprechen, des Hinhaltens.«

Bene gelobte Besserung, auch wenn er nicht wusste, wie das gehen sollte. Zu spät kam man ja nur, weil etwas Unvorhergesehenes eintrat. Wie sollte man das Unvorhersehbare voraussehen?

Eines Nachmittags waren sie in Benes Ford Fiesta auf dem Festland unterwegs. In letzter Zeit bereiteten ihm die Zündkerzen Ärger, Bene merkte, wie der Motor stotterte, bald wieder absaufen würde. Samuel stellte das Radio lauter. Der Sender »Freies Europa« brachte Nachrichten aus Rumänien. Es war von Unruhen in Temeswar berichtet worden. Die Demonstrationen weiteten sich aus, Tausende gingen in Arad auf die Straße, jetzt auch in Bukarest. Die Armee setzte Wasserwerfer und scharfe Munition gegen die Demonstranten ein, aber es wurde auch von Solidarität mit den Aufständischen berichtet.

Samuel erzählte das erste Mal von seinen Eltern, und Bene sah einen Garten vor sich, eine Küche, in der Karten gespielt wurde, einen Brunnen, eine Treppe, eine Frau. Er erkundigte sich nach dem Namen des Dorfes und erkannte den Pfarrhof, in dem er mit Lothar Anfang der Siebzigerjahre gewesen war.

Bene nahm abrupt den Fuß vom Gas.

Hinter ihnen hupte es.

Als ihnen klar wurde, dass sie einander begegnet waren, Bene als Student, Samuel als kleiner Junge, fingen sie an zu lachen. Ein solches Lachen hatte Bene von Samuel noch nie gehört. Es kam aus dem Bauch und schüttelte seinen ganzen Körper. Als sie sich beruhigt hatten, bedachte Samuel ihn mit einem Blick, in dem Dankbarkeit lag, Freundschaft, eine Spur Erleichterung.

Ein Lied wurde im Radio gespielt, irgendeines jener Lieder, die in den Charts waren. »Manchild, look at the state you're in / Could you go undercover / And sell your brand new lover (could you?).« Der Motor stotterte, der Wagen wurde langsamer, Bene ließ ihn auf einen Parkplatz rollen. Samuel schloss die Augen, lehnte den Kopf zurück. Die Klarheit und Eigenwilligkeit seines Profils wurde einmal mehr offenbar, so sehr, dass es Bene wehtat.

Es sah aus, als merkte Samuel nicht, dass der Motor nicht mehr lief und sie zum Stehen gekommen waren.

Erst als Bene die Hand auf seine Schulter legte, öffnete er die Augen wie jemand, der nicht wusste, wo er war.

»Šesťsto«, sagte Samuel, die Beträge im Kopf überschlagend.

Bene schob das Blatt unter die anderen Zettel und setzte sein Fritz-Egner-Gesicht auf – beschäftigt, unschuldig. Schließlich, da es unmöglich war, Samuels Blick standzuhalten, gab er zu, dass es die Rechnung eines Kunden sei.

»Sieht aus, als hätte er noch nie ein Buch bezahlt.«

»Hat er auch nicht.«

Samuel war nach Ladenschluss in die Buchhandlung gekommen. Er durchstöberte die Tische, las in Bücher hinein, legte sie wieder zurück, vielleicht etwas flüchtiger, etwas rascher als sonst, und trat zuletzt an die Theke, wo Bene mit Aufräumen beschäftigt war. Es war ein guter Tag gewesen, viel Kundschaft, die nicht davon überzeugt werden musste, dass Bücher ein ausreichendes Weihnachtsgeschenk waren.

Warum er diese Liste überhaupt führte, konnte Bene nicht sagen. Er würde den Betrag, inzwischen eine höhere dreistellige Summe, sowieso nie von dem Mann einfordern.

»Der Kunde ist Lyriker«, sagte er, als würde das etwas erklären.

»Und deswegen darf er anschreiben?«

»Konrad darf anschreiben, weil ich weiß, dass jedes Buch, das er haben will, sensationell ist. Bestellt er ein Buch, lasse ich gleich zwanzig liefern. Das ist unser Deal. Keine Ahnung, ob er das weiß oder einfach denkt, ich sei ein Trottel.«

Nur durch Konrad hatte er Infantes »Drei traurige Tiger« entdeckt, dieses melancholisch-übermütig-chaotisch-kühne Leuchtfeuer. Konrad war der Erste, der »Das Parfum« im Laden verlangt hatte, noch bevor es sich für Jahre auf den Bestsellerlisten einnistete.

»Ich finde, jede Buchhandlung sollte einen Konrad haben«, sagte Bene, um die Diskussion abzuschließen.

»Und Sanddornschnaps«, ergänzte Samuel.

Bene lud ihn ein, zum Abendbrot zu bleiben.

Erst als sie oben waren, bemerkte er, dass etwas nicht stimmte. Samuel schnitt das Brot schief, und als ein Gurkenglas nicht aufgehen wollte, stellte er es ungeöffnet wieder zurück ins Regal. Sie aßen vor dem Fernseher. Sobald die Tagesschau Nachrichten aus Rumänien brachte, drückte Bene die Aufnahmetaste.

Auf dem Tisch brannten Kerzen, in den Fenstern Lichterketten, und Bene und Samuel sahen zu, wie junge Demonstranten »Nieder mit Ceauşescu« riefen. Dann wurden Armeesoldaten im eroberten Palast gezeigt, von ihren Mützen und Uniformen hatten sie das sozialistische Abzeichen entfernt. Die Nachrichtensprecherin gab bekannt, dass der Diktator und seine Frau auf der Flucht waren.

Samuel fragte, ob er telefonieren könne.

Bene brach eine seiner Regeln, ging in die Küche und wusch ab. Als er fertig war, horchte er an der Tür. Nichts als Stille. Samuel saß auf dem Sofa, reglos, das Telefon in seinem Schoß. Bene ging zum Bücherregal, leise, als dürfte er die Stille nicht aufheben, zog ein Buch heraus und setzte sich zu ihm. Auf dem Einband war Jupiter, der Schutzgott Roms, abgebildet, der als Stier Europa entführt, Leda in Gestalt eines Schwans verführt, Ganymed als Adler raubt. Das Buch klappte von alleine an der Stelle auf, wo das Weinblatt lag, zwischen Trevibrunnen und Piazza Navona.

»Ich habe mit meiner Mutter gesprochen«, sagte Samuel.

»Was hat sie gesagt?«

»Komm nach Haus.«

Seine Tante half am Vormittag des 24. Dezember. Danach blieb der Laden für eine Woche geschlossen. Bene befestigte einen Hinweis an der Tür: Wir haben Weihnachtsferien.

Es regnete in Strömen. Bei Hamburg kamen sie nur langsam voran. Die Scheibenwischer waren laut, und Bene wechselte ungeduldig von einer Spur auf die andere. Bei Hannover hatte er mit einem Mal den Wunsch, nach Berlin zu fahren, an seiner ehemaligen Wohnungstür zu klingeln, durch die Zimmer zu gehen. Er hatte sich oft gefragt, was mit seinen Büchern und Möbeln geschehen war.

Samuel trug eine viel zu dünne Jacke und hatte, im Gegensatz zu Bene, nur eine kleine Reisetasche mit. Den Fußraum der Rückbank, wo immer Bücher lagen, hatte Bene mit neuer Ware aufgefüllt. Es konnte sein, dass er selbst ein Buch brauchte, um die Stille zu vertreiben, die Zweifel, die Zeit. Es war möglich, dass jemand nach einem Buch fragte, dass jetzt, wo die Grenze offen war, nicht nur Menschen und Waren wandern mussten, sondern auch Geschichten.

Die Geräusche im Inneren des Wagens waren laut, ein Gespräch war kaum möglich. Sie wechselten einander beim Fahren ab. Bene überließ anderen ungern das Steuer, doch Samuel fuhr seinen Fiesta, als hätte er nie etwas anderes getan. Er fuhr vorausschauend, er rechnete mit den Fehlern anderer, er hielt Abstand. Er fuhr schnell.

Ab Dresden wurde das Wetter besser und Samuel gesprächiger. In der Gegend von Brünn war etwas entstanden, das müheloser und leichter war als alle Gespräche, die sie bislang geführt hatten. In Bratislava nahmen sie eine Anhalterin mit. Eine Slowakin, und Bene nahm erstaunt wahr, dass Samuel fließend Slowakisch sprach. Seine Stimme klang in dieser Sprache anders, entschiedener, rascher. Außerdem schien es im Slowakischen mehr Worte zu geben. Das Gespräch nahm kein Ende, und Bene, der zunächst versucht hatte, sich einige Worte abzuleiten, richtete sich in dem fremden Klang ein.

Sie beschlossen, in einem Motel in Szeged zu übernachten und am nächsten Tag die Grenze zu passieren.

Es war nur noch ein Doppelzimmer frei. Bene überspielte

seine Befangenheit, indem er ununterbrochen redete. Er duschte und sang dabei laut, auch wenn er die Töne nicht traf, was daran liegen mochte, dass Duschstange und Duschbrause nicht aufeinander abgestimmt waren und er sich krümmen musste, um den Kopf zu waschen. Als er mit einem Handtuch um die Hüften aus dem Bad kam, ruhte Samuels Blick länger auf ihm, als er es deuten konnte. Bene ging zu seiner Reisetasche, löste das Handtuch und zog sich an. Als er sich umwandte, war Samuel damit beschäftigt, aus dem Fenster zu sehen.

Im spärlich beleuchteten Speisesaal stand ein Weihnachtsbaum aus Plastik. Benes gemischter Salat bestand aus einer aufgeschnittenen Gurke und einer aufgeschnittenen Paprika. Samuel bestellte Orangensaft zu seiner Gulaschsuppe und bekam eine Fanta.

In den Abendnachrichten erfuhren sie, dass Ceaușescu und seine Frau verurteilt und hingerichtet worden waren. Sie bestellten Schnaps und tranken ihn an die Bar gelehnt, jeder in seinen Gedanken.

An der Grenze bei Nădlac standen sie sechs Stunden. Transporter mit Hilfsgütern waren zu sehen, ungarische, deutsche und österreichische Kennzeichen. Der Fiesta wurde herausgewunken. Die Grenzer durchsuchten den Wagen, fragten nach Țigări. Ihre Papiere wurden geprüft. Einer der Soldaten nahm Samuel beiseite. Bene sah, wie Samuel seine Uhr vom Handgelenk löste und sie übergab.

Dann konnten sie weiterfahren.

»Was sollte das?«, fragte Bene.

Samuel vermutete, der Soldat habe bei der Passkontrolle seinen Status als Geflohener entdeckt.

»Wie dreist, dass er deine Uhr verlangt hat.«

»Er hat nur gefragt, wie spät es ist, cât aveţi oră?«

»Das ist nicht dreist, das ist elegant«, stellte Bene fest.

Nach wenigen Kilometern passierten sie eine Militärkontrolle und wurden erneut durchsucht. Erst als sie sich von den Hauptstraßen entfernten, nahm der Verkehr ab. Auch hier hatte es keinen Schnee gegeben, nur Regen. Auf einer schlecht asphaltierten Landstraße kam die Sonne zum Vorschein. Lichtstreifen berührten die Äcker, lösten Farben aus den Feldern, welkes Grün, Violettbraun, Kupfer. Die Landschaft in diesem plötzlichen Licht kam Bene unwirklich vor. Er spürte seine Müdigkeit, die Nacht, in der er wach gelegen hatte, so wie Samuel wach gelegen hatte, beide darauf bedacht, so zu tun, als würden sie schlafen. Etwas an dieser Landschaft berührte ihn, die Weite, die ungeschützte Offenheit, als wäre sie nur ein Übergang.

»Halt an«, sagte Samuel.

Noch bevor das Auto zum Stillstand kam, riss Samuel die Tür auf. Benes erster Gedanke war, dass sein Freund sich übergeben musste. Die Beifahrertür schlug zu. Er klopfte an die Fensterscheibe, fragte, ob alles in Ordnung sei. Da die Antwort ausblieb, griff er nach den Jacken auf der Rückbank. Vor seiner Tür war eine Wasserpfütze. Der Versuch, darüber hinwegzuspringen, misslang.

Samuel lehnte am Wagen.

Wie jung er ist, dachte Bene. Und wie wenig du über ihn weißt. Er gestand sich ein, dass er diesen Mann liebte – auf eine Weise, die sich vom Begehren und Besitzen zu etwas anderem verschob.

Er legte ihm die Jacke um die Schultern. Überlegte, was er sagen konnte. Und weil Samuel beharrlich schwieg, aber nicht dazu zu bewegen war, wieder einzusteigen, erzählte er ihm von seiner Lektüre. Er hatte einen Gedichtband von Emily Dickinson im Fußraum gefunden, der schon mehrere Jahre dort gelegen haben musste. Jedes Buch hatte seine Zeit. Es vorher lesen zu wollen, war töricht, es zu spät zu lesen, vergeblich. Eines der Gedichte fing den Gesang eines Vogels ein. Die Melodie sei im Baum, behauptete der Skeptiker. Die Poesie sagt: Sie ist in dir. Das Ohr kleidete das Gehörte in helle und dunkle Farben, und Bene mutmaßte, eigentlich gelte das für alles.

Lange standen sie so, ohne dass ein anderer Wagen vorbeifuhr. Die Sonne verschwand hinter Wolken, und als sie wieder einstiegen, versuchte Bene erst gar nicht, über die Pfütze hinwegzutreten.

So würde es dir auch gehen, dachte er. Du fährst fast zweitausend Kilometer, nur um das zu vermeiden. Für alle Zeit, wenn er Dickinson las, würde er an diese Landstraße denken. An Samuel, die erdigen Farben der Ebene und das Gefühl, trotz eines großen Umwegs, genau dort zu sein, wo er sein musste.

Die Straßen des Dorfes waren verlassen. Alles sah aus wie immer. Und war nicht wie immer. Bene bemerkte das Verfallene, Unsanierte, die abgeplatzten Farben der Fassaden. An die Kirche konnte er sich erinnern, ihren schmalen Turm, die ockerfarbenen Mauern, und auch an das grüne Tor des Pfarrhauses – der Rest der Straße war ihm fremd, und er fragte sich, mit welchen Gefühlen Samuel das alles wiedersah.

Jetzt waren sie an der Kirche vorbei, hielten vor dem Tor.

Jetzt waren sie hier.

Sie blieben im Wagen sitzen, bis sich das Tor öffnete. Ein

Mann mit grauweißem Vollbart trat heraus. Er trug einen braunen Anzug und Hausschlappen, als hätte er in großer Hast das Haus verlassen. Samuel stieg so rasch aus, dass Bene zunächst zögerte, ihm zu folgen.

Die beiden Männer umarmten sich, und Bene dachte, dass es eine Umarmung war, die keine Zeit kannte. Hannes trat auf ihn zu, Bene spürte den kräftigen Oberkörper, den Bauchansatz und kratzigen Bart des Mannes. Hannes' schiere Freude, seinen Sohn wiederzusehen, übertrug sich auf alles. Es war, als sei auch auf Bene gewartet worden.

Als er in den Hof fuhr, lobte er seinen Ford, der von oben bis unten schmutzig war. Die Zündkerzen hatten auf der Strecke nicht ein einziges Mal Ärger gemacht. Der Garten war schäbiger, kleiner, als Bene ihn in Erinnerung hatte. Die Rosen waren zurückgeschnitten, die Obstbäume kahl. Es waren Sommererinnerungen, die er hatte, Rosenrabatte, Weinreben, Obstbäume, der Geruch des Geißblatts – und hinten am Brunnen Lothar und er.

Zunächst nahm er die Vögel wahr.

Ein vielstimmiges Aufbranden von Flügeln.

Nach dem langen Sitzen und eintönigen Motorengeräusch versetzte ihn die Luft, das weiche, vielstimmige Tschilpen augenblicklich in einen Zustand von Klarheit. Die Büsche und Bäume in nächster Nähe waren dunkel, fast schwarz, in einiger Entfernung von heller Bronze. Hinter den letzten Baumreihen lag eine Helligkeit, als klänge die Welt dahinter aus. Laub raschelte, Vögel flogen auf. Ein Geräusch von absoluter Gegenwärtigkeit. Dann sah er eine Frau. Dünn, fast hager, im dunkelblauen Mantel, das Kopftuch am Hinterkopf geknotet. Ihr Gesicht trug noch denselben entschiedenen, kompromisslosen Zug, der ihr zu eigen war. Schmal, voller Sommersprossen und ebenso wie ihre Augen kaum gealtert; Augen, die schwer zu beschreiben waren – leicht eingesunken, und zwischen Lidern und Brauen viel Raum.

Florentine streute Sonnenblumenkerne für die Sperlinge aus. Mitten in der Bewegung hielt sie inne. Die Hand öffnete sich, die Schüssel fiel zu Boden, ohne dass ein Geräusch entstand.

Samuel rührte sich nicht.

Florentine stand still.

Dann breitete sie die Arme aus.

Samuel ging auf die geöffneten Arme seiner Mutter zu.

Hinter diesem Bild stürzten Sperlinge auf die Schüssel mit Sonnenblumenkernen.

Die Küche sah noch immer so aus, wie Bene sie in Erinnerung hatte. Es kam ihm sogar vor, als läge dasselbe Wachstuch auf dem Tisch.

Hannes wich nicht von der Seite seines Sohnes. Bene errötete unter dem Blick des Mannes. Du hast ihn uns zurückgebracht, schien er zu sagen. Und Bene dachte, ich bin hier, damit ich nicht woanders sein muss. So einfach ist das.

Nach dem Mittagessen brachten sie die Pakete aus dem Wagen hinein: eingelegtes Fleisch, Nudeln, Brot, Zucker, Streichhölzer, Shampoo, Seife, Dosenbier, Zigaretten. Besucher wechselten sich ab. Der Gärtner Ovidiu schlug Samuel auf die Schultern, immer wieder ausrufend: »Per avion!« Samuels Flucht musste eine Sensation gewesen sein, und Bene erfuhr erst jetzt die Einzelheiten. Die Glöcknerin Rositante bedachte Samuel und ihn mit feuchten Küssen. Als sie hörte, dass er aus Norddeutschland kam, erzählte sie, dass sie einen Bruder in Hamburg habe. Ob Bene ihn kennen würde? Die

Besucher erhielten etwas von den mitgebrachten Sachen und würden, wie Florentine mutmaßte, im ganzen Dorf erzählen, dass Samuel wieder da war.

Hannes fing Samuels Blick auf, der immer wieder zur Tür ging.

»Paul ist zu seiner Tochter nach Reşiţa gezogen.«

Bene konnte diesen Satz nicht deuten und nahm überrascht wahr, dass Florentines Augen voller Tränen waren.

»Ich konnte ihn nicht retten«, sagte Samuel.

»Niemand konnte das.«

Florentine trat hinter ihren Sohn. Samuel lehnte den Kopf zurück, schloss die Augen.

»Du hast es wenigstens versucht«, sagte sie leise.

Bene gab vor, etwas im Auto vergessen zu haben. Sein Stuhl schrammte über den Boden, Dielen knarrten, die Tür fiel ins Schloss – er hatte den Eindruck, dass all diese Geräusche einen Bann aufhoben, imstande waren, etwas zu rufen, das nicht beim Namen genannt werden durfte. Er atmete auf, als er draußen war, und setzte sich an den Rand des Brunnens.

Abends hörten sie im Radio von den ersten Bestimmungen der Übergangsregierung und dass es in Bukarest noch immer vereinzelt Schießereien gab. Auf die Frage, wer hinter dem Umsturz steckte, sagte Hannes, die Securitate würde am meisten von freier Marktwirtschaft profitieren, so viel Geld, wie sie hatten und nicht ausgeben konnten. Der Umsturz musste vorbereitet gewesen sein. Wie ließ sich sonst erklären, dass es bereits an Weihnachten im Land Orangen gab?

Als Florentine den Abwasch beginnen wollte, nahm ihr Bene den Spüllappen aus der Hand.

»Ich übernehme das – später.«

»Du hast dich nicht verändert«, meinte sie lächelnd und ging mit einer Zigarette zu den Treppen im Hinterhof.

Es gab Leute, die erst etwas sagten und dann nachdachten – als gäbe dieses Wort eine zeitliche Abfolge vor. Leute, die während eines ganzen Abends keine einzige Frage stellten, und andere, die unablässig fragten, um das Gespräch von sich fernzuhalten. Es gab Leute, die einen widerlegten, andere, die einen bestätigten, und nur wenige hatten, wie Florentine und Hannes, jene Offenheit, die ohne Urteil auskam.

Eine Nacht im Pfarrhaus hatte gereicht, um Bene zu zeigen: Es gab nichts, was nicht wiederkam, nichts, was verlassen werden konnte. Er konnte die Zeit nicht in Büchern einschließen, alles lebte in ihm fort. Diese Küche hatte es getan, der Brunnen im Garten, und es war nichts Verwerfliches an der Sehnsucht, zu den Orten zurückzugehen, die einen geprägt hatten. Nicht, um einmal gefasste Überzeugungen zu bestätigen, sondern um abzugleichen, wo man unterdessen ein anderer geworden war.

Samuel trat in die Küche. Verschlafen, in einem Pyjama seines Vaters, da er kein Nachtzeug mitgenommen hatte. Florentine schenkte ihm eine Tasse Kaffee ein. Sie lehnten an der Spüle, Florentine im Hausmantel, Samuel im Pyjama, und als Hannes dazukam, angekleidet wie für einen offiziellen Termin, mussten beide lachen.

Florentine küsste Hannes auf die Wange.

Dann sah sie ihn auffordernd an.

»Es gibt noch jemanden, der auf dich gewartet hat«, sagte Hannes.

»Ich habe ihr geschrieben«, sagte Samuel. »Sie hat nie geantwortet.«

»Es gibt eine Antwort, die du noch nicht kennst.«

Auf dem Korridor waren Schritte zu hören.

Es schien eine Ewigkeit zu dauern, bis es an der Tür klopfte.

»Komm herein«, sagte Florentine, ohne ihren Sohn aus den Augen zu lassen.

Samuel erstarrte. Es sah aus, als wäre er nur eine Hand und eine Kaffeetasse – eine Hand, die eine Tasse hielt, nichts weiter.

Eine zierliche Frau im Fellmantel stand im Türrahmen. Sie straffte sich, sah Samuel geradewegs in die Augen, mit einer Spur Liebe, einer Spur Misstrauen, einer Spur Verletzung.

»Sana«, sagte Samuel.

An ihrer Hand hielt sie ein kleines Mädchen.

Prestigio

Etwas kann so oft und eindrücklich erzählt werden, dass man meint, sich selbst daran zu erinnern. Einige Geschichten werden immer wieder erzählt, Sinnzusammenhänge erneuern sich, bislang unbekannte Deutungen tauchen auf – und mit jedem Erzählen verändern sie sich, stetig, unmerklich. Einzelheiten werden hinzugefügt, andere ausgelassen. Irgendwo wächst die Unbestimmtheit, etwas rückt immer weiter fort, bis es ganz vergessen ist. An anderer Stelle wird etwas immer deutlicher, als sähe man durch blankes Glas.

Wie Livia einen Schritt tat, war eine dieser Geschichten.

Es war einer jener Tage, an denen der Sommer ausklang. Davon gab es mehrere, mitunter waren es Wochen, und erst im Nachhinein würde man sagen können: Das, genau das war er, der Tag, an dem der Sommer abseitig wurde, etwas Verbrauchtes hatte. Die Blätter trocken, die Wiesen ausgetreten, zwischen den Sträuchern Verschwiegenheit. Was einmal Wärme gewesen war und Licht, begann zu erstarren, loderte nicht mehr, war schon Vorgeschmack von Abschied. Und wie man etwas hinter sich lässt und doch aufhebt, weiß man mit einem Mal, dass es zu spät ist für Sommerträume.

Der See war auf einer Seite gestaut, längte sich zwischen

bewaldeten Hügeln und einer Straße. Alle zwei Stunden legte ein Schiff ab. Am Bootsverleih entschieden sie sich für ein Tretboot. Die Mutter nahm mit Livia und Jarik auf der hinteren Liegefläche Platz. Der Vater saß mit Livias Patenonkel an den Pedalen. Das Wasser war nahezu schwarz. Es zeigte eine unruhige Bewegtheit, die in Livias Mutter eine Anspannung hervorrief, die kaum Ahnung zu nennen war.

Eine Decke wurde ausgebreitet, die beiden Männer kamen nach hinten. Das Boot trieb übers Wasser, Wellen schlugen gegen den Boden, ein eigenwillig-mahnender Rhythmus. Das Kunststoffmaterial war rissig, fast rindig. An den Seiten gab es eine niedrige Reling, das Heck war offen, eine Leiter reichte ins Wasser. Niemand wollte schwimmen an diesem Tag.

Liv war drei Jahre alt. Sie kannte den Unterschied zwischen festem Boden und Wasser. Und doch stand sie auf, ging mit entschiedenen Schritten nach hinten, ging einfach weiter, als das Boot aufhörte. Ihr Gesichtsausdruck habe sich dabei nicht verändert, sagte ihre Mutter. Sie habe sich von dem Ausdruck im Gesicht ihrer Tochter täuschen lassen, es sei weder ausgelassen noch übermütig gewesen, und das habe sie unberührbar gemacht, überlegen und auf sonderbare Weise geschützt. Als Liv aufstand, war niemand beunruhigt. Sie alle waren träge gewesen von der Sonne, die matt war, der Himmel verwaschen, von Schleiern durchzogen – nur um dann zuzusehen, wie Liv, sorglos, selig, einen Schritt über das Boot hinaus machte.

Der See schluckte sie.

Die Männer sprangen auf. Ihr Vater handelte am schnellsten. Er beugte sich über den Bootsrand und zog Liv mit einem gezielten Griff wieder hinauf. Sie hatte nicht geschrien, nicht um sich geschlagen, einfach ihre Hand nach oben gestreckt, und ihr Vater hatte diese Hand in der Schwärze des Sees mit einer raschen Bewegung getroffen.

Alles war so schnell vorbei, wie es begonnen hatte.

Liv weinte nicht. Erst am Gesichtsausdruck ihrer Mutter merkte sie, dass etwas nicht stimmte. Ihr Vater fiel auf die Knie, ihre Mutter nahm sie in die Arme. Ohne Umschweife ging es danach wieder zurück an Land. Auf dem Weg zum Wagen trug sie ihr Patenonkel, die Decke ein wehender Umhang um ihre Schultern. Ihr Vater fuhr schnell. Es kam darauf an, die Distanz zum See rasch zu vergrößern, als könnte sie einholen, was dort geschehen war.

Von dieser Begebenheit wurde oft erzählt, (»Weißt du noch, wie Liv …?«), auf Festen, Geburtstagen, und immer in der Nähe von Wasser. Was ihre Eltern an diesem Vorfall anrührte, war die Beiläufigkeit, mit der Liv in den See gegangen war. Dass es für sie keinen Unterschied gemacht hatte, ob Boden, ob Wasser, und sie in einem Augenblick der Sorglosigkeit den Tod mit dem Leben verwechselt hatte.

Liv hatte die Geschichte so oft gehört, dass sie meinte, sich an Details zu erinnern. An die raue Kunststoffhaut, das dumpfe Klackern gegen den Rumpf des Tretboots, an das Gefühl zu sinken, den schmerzhaften Ruck im Arm, als der Vater sie herauszog. Und auch wenn seither viele Jahre vergangen waren, kam es ihr vor, als sei ihr Vater noch immer wachsam, als fürchtete er, dass sie einen unbedachten Schritt tat. Einen Schritt über den Rand hinaus.

Liv ging in das Bistro an der Ecke.

Flüchtig prüfte sie ihr Spiegelbild in der Fensterscheibe, dunkel umschattete Augen, kinnlange, wellige Haare. Sie strich sich die Haare hinters Ohr, schlug die Ärmel ihres Jacketts hinauf (seit einiger Zeit trug sie nur Männerklamotten, die sie in einem Secondhand-Laden pro Kilo kaufte) und hoffte beim Betreten des Ladens gleichmütig zu wirken. Sie studierte das Menü, prüfte das Mittagsangebot, tat als fiele die Entscheidung schwer, dabei erschloss sich der Sinn der Buchstaben kaum. Sein Blick ruhte auf ihr wie eine Sprungfeder, rückhaltlos, eindringlich – sag etwas, ermahnte sich Liv, und nannte wahllos etwas von der Karte, zum Mitnehmen, weil es in seiner Gegenwart kein Versteck gab, nichts, wohin sie flüchten konnte.

Der Junge vom Bistro hatte Liv unlängst geholfen, ihr Rad aufzupumpen. Er hatte gefragt, ob sie Hilfe brauche, wahrscheinlich hatte er sie schon eine Weile aus dem Laden heraus beobachtet, und sie war zur Seite getreten, in der widersinnigen Hoffnung, er würde ebenfalls scheitern. Als er sich vor das Hinterrad kniete, um das Ventil zu prüfen, bemerkte sie ein japanisches Schriftzeichen in seinem Nacken. Er strich sich flüchtig übers Gesicht. Ein dunkler Streifen blieb auf der Wange, und Liv brachte, nachdem das Rad aufgepumpt war, keinen zusammenhängenden Satz zustande.

Andererseits, vielleicht war »Danke« ein vollständiger Satz.

Seither war sein Lächeln anders, sah er sie anders an. Er überreichte ihr das Essen mit Nachdruck, seine Hand hielt die Schale länger, das Wechselgeld zählte er langsam, als wollte er hinauszögern, dass sie ging. Es gab Vertraulichkeit und dann Fremdheit, es gab sie nur zusammen. Die Fremdheit saß tiefer, war Unsicherheit, Scham, und allein darin begründet, dass man da war, dass das eigene Leben, ständig eigentlich, an andere Leben rührte.

Liv setzte sich auf die Mauer vor der Schule, dabei rief sie sich jedes Wort, das er gesagt hatte, ins Gedächtnis, und als

Anna sich neben sie setzte und fragte, was sie gegessen habe, konnte sie es nicht auf Anhieb sagen. Während sie sich nur sicher fühlte, wenn sie andere aus der Distanz heraus beobachtete, besaß ihre Freundin die Fähigkeit, schnell mit anderen in Kontakt zu kommen. Sie hätten sich nie angefreundet, wenn Anna Liv nicht eines Tages angesprochen hätte.

»Woher kommst du?«, hatte sie gefragt.

Liv hatte zu einer umständlichen Erklärung angesetzt, weil sie davon ausging, dass ihre Herkunft gemeint war, bis ihr klar wurde, dass das Mädchen aus der Parallelklasse nur wissen wollte, wo sie wohnte.

Anna sagte später, ihr sei aufgefallen, wie Liv sie angestarrt habe. Liv stritt das ab, obwohl sie sehr wohl gestarrt hatte – fasziniert von Annas Selbstbewusstsein, dem Selbstverständnis, mit dem sie andere grüßte oder nicht grüßte, aber immer beachtet wurde, ihren hellen Haaren, die offen über ihre Schultern fielen –, sich jedoch einbildete, dies unauffällig zu tun.

Im Sommer waren sie gemeinsam nach Korfu geflogen. Es war der erste Urlaub ohne Eltern, und sie hatten vier quälend lange Wochen an einer Supermarkt-Kasse gearbeitet, um das Geld dafür zusammenzusparen. Auf der Insel liehen sie sich Mopeds und fuhren die Küste entlang. Liv war eine gute Fahrerin, doch auf einer Strecke schätzte sie die Kurven nicht richtig ab und schrammte den Felsen entlang, der die Straße einfasste. Eine Frau im nächsten Dorf hatte die Schürfwunden mit Spiritus gereinigt. Etwas abseits lag ein Haus an den Hang gebaut, weiß gekalkt, mit blauen Fensterläden. Liv meinte, nie ein schöneres Haus gesehen zu haben, und sie erfuhren, dass es einem Mann gehörte, dessen Frau auf einer Segelfahrt verunglückt war. Eine, dachte Liv, die das Wasser gerufen, aber nicht wieder freigegeben hatte. Sie fuhren weiter, auch wenn Liv die Knie zitterten. Sie spürte den Fahrtwind auf ihren Wunden und wusste, das musst du jetzt tun, sonst steigst du nie wieder auf.

Eines Nachts führte sie der Rückweg von einer Taverne durch dasselbe Dorf. Es regnete, ein feiner Sprühregen, der die Haut sanft berührte – blessed rain, wie jemand gesagt hatte.

Liv gab Anna ein Zeichen und hielt an. Auf der Terrasse des Hauses war eine Silhouette zu erkennen; ein Mann lehnte an der Brüstung und schaute aufs Wasser. Laute Musik drang aus offenen Fenstern übers Dorf, hinaus aufs Meer. Liv spürte die Einsamkeit des Mannes, und es war, als umarmte sie ihn in diesem Moment. Anna drängte darauf weiterzufahren. Sie fuhren durch die Nacht, die Straßen glänzten, der Regen fiel sacht, das Meer brandete an die Küste, alles war voller Leben, und sie war ein kleiner, dahinfliegender Punkt, mehr nicht.

Wenn sie heute an diese Begebenheit zurückdachte, kam es ihr vor, als brauchte es diese Ferne, um jemanden sehen zu können. Näherte man sich einander an, nahmen Unsicherheit und Unschärfe zu.

Die Schulglocke läutete.

»Noch zwei Stunden Mathe«, sagte Anna gedehnt.

Liv holte das Kartendeck aus der Innenseite ihres Jacketts hervor, nahm die Hälfte ab und legte sie auf der schmalen Seite übereinander. Eine Karte ging exakt in die andere über, wie ein Reißverschluss.

»Wenn ich die Karten so mische, exakt acht Mal, dann hat das Kartendeck wieder die Reihenfolge wie am Anfang. Das funktioniert, wenn ich 52 Karten habe, bei 64 Karten reichen sechs *shuffles*. Außerdem habe ich dadurch die Möglichkeit, jede beliebige Karte zu kontrollieren. – Das ist Mathematik.«

Anna lachte, und Liv hielt die Karten als doppelreihigen Fächer vors Gesicht, so dass nur noch ihre Augen zu sehen waren.

Als sie am späten Nachmittag aus der Schule trat, beschriftete der Junge aus dem Bistro den Aufsteller neu. Ihre Blicke trafen sich, und Liv erwog die Möglichkeit, künftig woanders zu Mittag zu essen.

Mit der untergegangenen Sonne war auch die Wärme verschwunden. Der wolkenlos blaue Himmel vertiefte die Dunkelheit der Straßen. Liv stieg die Treppen des Opernhauses hinauf, betrat die ovale Rotunde und ging in eine Toilette. Sie frischte ihr Deo auf, band sich eine Fliege um, ein Flohmarkt-Fundstück, das sie heimlich ins Haus geschafft hatte, da ihre Mutter ihre neue Leidenschaft für gebrauchte Kleidung nicht teilte.

Heute wurde *Norma* gespielt. Liv spürte jene leichte Anspannung, die sich immer einstellte, wenn das Haus voll erleuchtet, aber noch leer war. Außer ihr war erst Marie-Luise da. Malu, die Dienstälteste, hatte ein jungenhaftes Gesicht mit weit auseinanderliegenden Augen. Sie trug eine Brille mit Kordelband und schwarze Kleidung, ohne Ausnahme. Sie drückte Liv an sich, ging dann auf Armeslänge Abstand und nahm anerkennend die Fliege zur Kenntnis.

»Schön bist du«, sagte Malu. Noch bevor Liv etwas erwidern konnte, übergab sie ihr das Wechselgeldtäschchen und wies ihr die mittleren Garderobenreihen zu, wo erfahrungsgemäß am meisten los sein würde. So war es dann auch. Liv hängte Jacken und Mäntel auf, knotete Schals an Ärmeln fest, verstaute Schirme und Rucksäcke, händigte die jeweiligen Marken aus, immer im Blick, ob auch an den Seiten alles lief. Als die Vorstellung begann, setzte sie sich auf einen Stuhl zwischen die Reihen. Malu nahm Nachzügler in Empfang, begleitete sie zu den Türstehern, die entschieden, ob sie Einlass erhielten oder bis zur Pause warten mussten, reihte die Rucksäcke ordentlich auf und lehnte sich (das Höchste an Nachlässigkeit, was sie sich erlaubte) irgendwann an die Theke.

Liv mochte den Garderobengeruch von Parfüm und Mottenkugeln, die Grau-, Silber- und Goldtöne des Baus, den Hochbetrieb, wenn alles begann, die ausgewählte Garderobe der Gäste, die Zeit der Vorstellung, in der meist alles ruhig blieb, das Stimmengewirr in der Pause, den Applaus und die Hektik, wenn Mäntel, Jacken, Schals und Rucksäcke unter großem Andrang wieder zu ihren Besitzern fanden.

Als die Vorstellung schon eine halbe Stunde lief, schickte Malu sie hinein. Liv ging zum dritten Rang, der Türsteher nickte ihr zu und öffnete leise die Tür. Sie setzte sich auf einen freien Platz in der letzten Reihe. Es fiel ihr schwer, sich auf die Musik zu konzentrieren, ihre Gedanken schweiften ab: zu den Kostümen der Sängerinnen und Sänger, die aussahen wie aus einem »Der Pate«-Film, zu der Frage, wer heute Abend die Blumensträuße überreichen würde – eine Aufgabe, die niemand besonders mochte, die aber immer eine der Garderobenfrauen traf.

Liv bemerkte einen älteren Mann auf der anderen Seite des Mittelgangs. Er saß gerade, ohne sich anzulehnen, und hielt einen Hut in den Händen. Der Mann erinnerte sie an ihren Urgroßvater. Vielleicht, weil der Mann verloren wirkte, wie auch Johann verloren gewirkt hatte, ganz gleich ob er in der

Bahn oder am Küchentisch saß oder in seinem Sessel eingeschlafen war. Er hatte an Karlines Seite existiert, wie jemand, der geduldet wurde, wobei niemand sagen konnte, worin jene Duldung bestand. Er beschied sich damit, sich zu den Mahlzeiten einzufinden und ansonsten im Wohnzimmer Zeitung zu lesen oder Fernsehen zu schauen. Zwei Mal die Woche kleidete er sich sorgfältig an, setzte einen Hut auf und flanierte die Königstraße entlang. Livs Vater, der ihn manchmal begleitet hatte, sagte, er habe den Eindruck, als spazierte Johann in Gedanken über den Korso in Hermannstadt, saß dort auf einer Bank neben anderen Männern, die wortlos Zeitung lasen, miteinander Schach spielten – und Liv erinnerte sich an die Männer im Stadtpark, mit Strickweste über dem Hemd und Zigarette im Mundwinkel, die Gesichter müde, aber auch forschend und gewieft.

Als Johann noch lebte, wurde die Familie jeden ersten Sonntag im Monat zum Mittagessen eingeladen. Karline und Johann wohnten in einem der würfelartigen Wohnblocks, die es überall am Stadtrand gab. Ihre Wohnung lag im fünften Stock, von der Eingangstür kam man übergangslos ins Esszimmer, davon ging die Küche ab, ein fensterloser Flur beschrieb einen rechten Winkel und führte zum Wohn- und Schlafzimmer. Es gab auch ein drittes Zimmer, für Liv der spannendste Raum, Vorräte, überzähliges Geschirr, ein ausklappbares Gästebett. Johann erweckte immer den Eindruck, er wisse nicht, was mit ihr und ihrem Bruder Jarik zu reden war, doch er hob alle Zeitschriften und Zeitungen auf, und wenn Karline nach dem Essen Nusslikör ausschenkte, setzte er sich zu Liv und ermutigte sie, interessante Artikel auszuschneiden.

Ein einziges Mal war Liv von zuhause weggelaufen. Sie

hatte sich mit ihrer Mutter gestritten, und auch ihr Vater, der ihr sonst immer beistand (sie nicht verriet, wenn sie zu spät nach Hause kam, ihre Schulnoten als ausreichend verteidigte), hatte Partei für ihre Mutter ergriffen. Liv war aus dem Haus gerannt, ohne Jacke, ohne Geld. Sie fuhr Rolltreppen in einem Kaufhaus, suchte nach vergessenen Münzen in den Schließfächern des Museums, tauchte ihre Füße in einen Brunnen. Abends zeigte sich, dass die Idee des Ausreißens verwegener gewesen war als die Umsetzung. Sie stieg am Hauptbahnhof in eine Straßenbahn, obwohl sie keinen Fahrschein hatte, fuhr zur Endstation und klingelte bei ihren Urgroßeltern. Johann saß im Wohnzimmer und sichtete Zeitungen. Es ist gut, dass du da bist, sagte Karline einfach. Sie kochte Grießbrei, begleitete Liv ins Schlafzimmer, wo eine Uhr tickte, so laut, als würde ihr das Voranschreiten der Zeit Mühe bereiten, und deckte sie mit einer ganz besonders schönen und ganz besonders weichen Decke zu.

Als Liv aufwachte, saß ihr Vater neben ihr und schaute sie an, als hätte er sie lange nicht mehr gesehen.

Kurz vor der Pause ging Liv wieder hinaus. Der Mann in der letzten Reihe nickte ihr zu, sie nickte zurück – einvernehmlich, als wären sie verabredet gewesen.

Das Licht im Treppenhaus kam ihr mit einem Mal grell vor, und sie wünschte sich in den Konzertsaal zurück. Ihre Gedanken gingen zu den Zeitungsausschnitten, die sie in einer Mappe gesammelt, aber nie gelesen hatte, zu Karline, die jeden Morgen den Himmel auf Wolken prüfte (die klaren Tage waren es, die sie nicht vertrug), zu dem Jungen aus dem Bistro, der ihr das Essen überreichte, eine Hand ausgestreckt, die andere angewinkelt hinter dem Rücken.

Malu sah gleich, wie es um sie stand, und nahm sie in die Arme.

»Casta Diva«, sagte sie. Sie sagte es so sachlich, wie eine Ärztin eine Diagnose stellt. »Ich wollte, dass du es hörst.«

Liv wusste nicht, was sie gehört hatte, nur, dass sie sich irgendwo zwischen Erinnerung und Gegenwart verloren hatte und es ihr ganz unmöglich schien, später die richtigen Jacken an die richtigen Leute auszuhändigen.

Nach der Pause bat Malu sie um einen Zaubertrick.

Die Garderobenfrauen und zwei Türsteher versammelten sich am Tresen. Liv stellte sich auf die andere Seite, strich sich die Haare hinters Ohr und fing an zu erzählen. Ihr Patenonkel Bene hatte ihr beigebracht, dass das Geschichtenerzählen Teil der Ablenkung, vielleicht sogar das eigentliche Kunststück war. Als er ihr vor sieben Jahren einen Zauberkasten geschenkt hatte, weil sie zu seinem Bedauern mit Büchern nicht viel anzufangen wusste, konnte niemand ahnen, was er damit auslöste, am allerwenigsten Liv.

Jeder Zauberer, sagte Liv, während sie die Karten mischte, habe eine Karte, die er am wenigsten mochte. Bei ihr sei es der Pik-König, der Herrscher mit dem umgedrehten schwarzen Herz. Die Bezeichnung komme von der französischen *pique*, einem Spieß. Ein angeworbener Soldat, der weder Schusswaffe noch Pferd hatte, bekam eine Pike; heute noch hieß es »etwas von der Pike auf lernen«. Liv fächerte die Karten auf und bat Malu, eine zu ziehen, warnte aber, es solle keinesfalls der Pik-König sein. Malu ließ sich Zeit, strich mit den Fingern über den Fächer, hielt inne, wanderte einige Karten weiter und zog – den Pik-König. Die Zuschauer lachten. Liv zeigte, dass es sich um ein normales Kartendeck mit 52 Spielkarten handelte. Dann verlor sie den Pik-König im Deck, mischte und teilte es, ließ die Karten von einer in die andere Hand wandern, bis Malu stopp sagte. Wieder beim Pik-König. Egal, wie oft Liv Malu vor die Wahl stellte, es schien unmöglich zu sein, eine andere Karte zu ziehen.

»Ich glaube, du musst sie behalten. Der König will zu dir.«

Malu steckte die Karte ein und sagte, sie werde ihr Glück bringen.

Dann hielt Liv die Karten einem der Türsteher hin. Er zog eine Karo Fünf. Liv bat ihn, seinen Namen darauf zu schreiben. Sie steckte die Karte mitten ins Deck, langsam, vor aller Augen, schnippte mit den Fingern, und die signierte Karo Fünf lag obenauf. Der Türsteher war verblüfft, Liv erhielt spontanen Applaus. Schaut genau hin, sagte Liv, und wiederholte das Wunder. Die Zuschauer verließen sich auf ihre Augen. Dabei waren die Augen am leichtesten zu täuschen.

Zaubern war zunächst einmal Handwerk.

Dann war es Unterhaltung.

Eigentlich war es Täuschen.

Für eine überzeugende Täuschung mussten die Hände kontrolliert werden. Es kam auf kleinste Bewegungen an. Eine Zauberin musste wissen, was das Publikum sah, deswegen übte man vor dem Spiegel, so lange, bis eine Abfolge ohne Unterbrechung gelang. Pausen, Verzögerungen, Unsicherheit waren der Tod einer Vorführung. Am Anfang war es entmutigend, doch Bene sagte, dass es mit der Zeit und viel Übung geradezu unwahrscheinlich leicht sein würde, das Publikum hinters Licht zu führen.

Woher er das wisse, er sei ja gar kein Zauberer.

Er wisse es einfach, hatte er gesagt.

War ein Zauberer in der Stadt, saß Liv möglichst weit vorn, um Gesicht und Hände des Magiers sehen zu können. Man lernte, indem man kopierte, aber man stahl nicht einfach irgendwelche Tricks, man überführte sie in etwas Neues.

Jeder Zaubertrick bestand aus drei Akten. Der Magier führte in das Thema ein, zeigte etwas, dann brachte er es zum Verschwinden, aber erst, wenn er die Dinge wieder auftauchen ließ, war der Trick gelungen. Dieser Teil war der schwerste, barg die Möglichkeit des Scheiterns und war doch der wichtigste, Prestigio – das Finale.

Erst das Ende offenbart, ob der Anfang gelungen ist.

Als Liv an diesem Abend nach Hause kam, war nur Jarik da. Seine Tür war zu, doch sie hörte, dass er noch wach war.

Sie ging in die Küche, wo ihre Mutter das Abendbrot gerichtet hatte. »Mikrowelle, vier Minuten«, stand auf einem Zettel.

Stana war die einzige Mutter in Livs Freundeskreis, die voll berufstätig war. Sie hatte ihr Architektur-Studium nach der Geburt von Jarik fortgesetzt und sich nach dem Abschluss mit Freunden selbstständig gemacht. Der Mutmaßung, Liv und ihr Bruder würden vernachlässigt werden, hielt Samuel entgegen, dass Kinder sich irgendwann selbst erzogen. Das ging zugegebenermaßen im Banat besser als in einer Großstadt in Baden-Württemberg.

Früher stand der Schreibtisch ihrer Mutter im Flur, jetzt hatte sie ihr eigenes Arbeitszimmer. Dass Erwachsenen das Recht auf einen eigenen Raum abhandenkam, dieser Tatsache konnte Stana nichts abgewinnen. Ihre Regeln lauteten: Jeder braucht ein Zimmer für sich, das Mobiliar darf nur mit allergrößter Umsicht ausgesucht und nie in einem der riesigen Möbelhäuser gekauft werden, die es hier gab. Stana graute es vor Wohnzimmerschrankwänden und Kleiderschränken mit Schiebetüren. Eine Schiebetür sei das erste Tor zur Hölle. Beim Anblick einer Wohnzimmerschrankwand würde jeder auf Dauer Schaden nehmen – warum sagte das den Leuten niemand?

Alles, was ins Haus hineinwollte, musste einer Prüfung standhalten. Man durfte nicht alles kaufen, nur weil es alles gab. Das, was ihr Zuhause ausmachte, war zu schützen, und wenn es Streit gegeben hatte, öffnete sie die Fenster und ließ den Wind ins Haus.

Livs Vater hingegen hatte keinen festen Beruf. Er war einiges gewesen: Fischverkäufer, Taxifahrer, Hausmeister, Türsteher beim Zirkus, Kabelträger bei einer Late-Night-Show, Busfahrer, Waldarbeiter. Er sagte, er könne alles und nichts, aber wenn man sich damit abgefunden habe, reiche auch das. Livs Mutter hatte ihre eigene Theorie, warum Samuel nie lange irgendwo blieb. Sie hatte beobachtet, wie er als Hausmeister zu sinnlosen Aufgaben herangezogen wurde, weil die Leute in seiner Nähe sein wollten. Er hatte etwas an sich, eine Ruhe, Gegenwärtigkeit, nach der sich viele sehnten, und auch wenn (oder gerade weil) er wenig sagte, stand er in dem Ruf, ein guter Gesprächspartner zu sein. Auf Dauer tat das keinem Betrieb gut. Es gab immer einen, der Samuel anschwärzte, auflaufen ließ, ihm die Tür wies. Er war aus dem herausgefallen, was man Karriere nannte, aber es gab die Freuden des Erfolgs und die Freiheit des Verzichts, sagte Samuel.

Erst vor kurzer Zeit war Liv klargeworden, wie andere Frauen ihren Vater ansahen. Selbst ihre Freundinnen verstummten in seiner Gegenwart oder redeten im Übermaß, und wo sie versuchte, so rasch wie möglich die Begrüßung anderer Mütter und Väter hinter sich zu bringen, unterhielt sich ihr Besuch auffällig lange und scheinbar gern mit ihren

Eltern. Anna fand, Samuel sei gutaussehend. Liv stritt es ab, er war jung im Vergleich zu anderen Eltern, das war alles.

Liv konnte nicht sagen, was besser war: einen festen Beruf haben oder alles und nichts sein. Aber sie wusste, dass es gut war, einander zu ergänzen. Es gab eine Wahnsinnsgeschichte zwischen ihren Eltern, eine, in der ihr Vater von einem Tag auf den anderen aus dem Land floh, eine Geschichte, in der ihre Geburt verheimlicht worden war, damit er nicht zurückkam und eine Inhaftierung riskierte. Es hatte eine Zeit gegeben, in der wieder Vertrauen wachsen musste, aber dass ihre Eltern zueinander gehörten, war nie ernsthaft eine Frage gewesen.

An manchen Tagen werkelten alle im Haus herum, jeder für sich, bis der Hunger sie in der Küche zusammenbrachte – wo ihre Eltern etwas zu essen zubereiteten, während Jarik und sie erzählten. Abends lagen sie gemeinsam auf der Couch, ihre Mutter neben Jarik, Liv neben ihrem Vater, beide die Beine auf dem Couchtisch ausgestreckt. Das Licht des Fernsehers durchzitterte das Zimmer, und es war egal, was lief, nichts war wichtiger als diese Nähe.

Als die Mikrowelle einen Ton von sich gab, kamen Schritte die Treppe herauf, der energische Schritt ihrer Mutter, der zurückhaltende ihres Vaters. Ein Schlüsselbund klirrte in der Schale, Mäntel wurden übers Treppengeländer gelegt. Liv ging mit dem aufgewärmten Essen ins Wohnzimmer. Sie sagte irgendetwas, sprach den ganzen Weg von der Küche ins Wohnzimmer, sie konnte sich später nicht mehr erinnern, was. Dann sah sie ihren Vater. Er saß auf der Couch, das Gesicht in den Händen verborgen. Es war dunkel, nur aus dem Flur fiel Licht ins Zimmer.

»Was ist?«, fragte Liv.

Stana blieb im Türrahmen, hinter ihr kam Jarik im Pyjama die Treppe herunter.

»Karline ist gestorben«, sagte Samuel. Und obwohl er das sehr leise gesagt hatte, war Liv sicher, dass auch Jarik auf den Treppen es verstanden hatte, dass die Nachbarn es gehört hatten, dass die ganze Straße es wusste und niemand in dieser Stadt jetzt nicht innehielt.

Livs Vater schien nicht wahrzunehmen, dass das Licht im Wohnzimmer aus war, dass Stana Jarik in die Arme schloss und Liv noch immer dastand, den Teller in den Händen.

»Welche Farbe hat die Traurigkeit?«, hatte Samuel gefragt, als Liv sich in einem Sommer im Banat weigerte zurückzufahren. Sie war auf das Dach des Schuppens geklettert und verkündete, sie bleibe hier, man könne ihr Pakete aus Deutschland schicken.

»Nachtblau.«

»Wo fängt sie an?«

»Hier«, sagte Liv und legte die Hände auf die Brust.

Irgendwann fragte er, ob die Traurigkeit einen Namen hatte.

Und sie sagte den Namen der Traurigkeit.

Ihr Vater riet ihr, alles wahrzunehmen, nicht wegzuschieben, und Liv spürte die ausufernde Schwere, das Herzklopfen, die Wärme des Schuppendachs, einen Splitter in ihrer Handfläche, dann, zögerlich, eine durchdringende, schwellende Ruhe, die es ihr erlaubte, das Dach zu verlassen und ins Auto zu steigen – nachdem Florentine ihr mit einer Pinzette den Splitter gezogen hatte.

Livs Hände fingen an zu pulsieren, ihre Arme wurden schwer. Sie stellte den Teller ab und setzte sich neben ihren Vater. Ob seine Traurigkeit einen Namen hatte?

Karline hatte Johann um ein Jahr überlebt.

Nach einem Sturz war sie ins Krankenhaus gekommen und danach ins Altersheim. Mit der Frau, mit der Karline sich das Zimmer teilte, sprach sie kein Wort. Mit den Pflegerinnen war sie unzufrieden, das Essen rührte sie kaum an. Ihr sei es nicht möglich, in der Gegenwart von Fremden am Tisch zu sitzen und darauf zu warten, ein Plastiktablett vorgesetzt zu bekommen, und als Liv von dem breiten Korridor, in dem es nach Äpfeln und Desinfektionsmittel roch, einen Blick in den Speisesaal warf, bekam sie eine Ahnung davon, was ihre Urgroßmutter meinte.

Die Familie wechselte sich damit ab, Karline Gesellschaft zu leisten und Essen vorbeizubringen. Andere bedauerten, dass kaum etwas übrig blieb von den Dingen eines Lebens, Karline war es gleichgültig. Was ihr am wichtigsten gewesen war, Möwenhaus und Wetterhahn, war lang schon fort. Sie verlangte nur das Schafsfell, das immer auf ihrem Bett gelegen hatte, sowie ein Bild des Königs. Erst vor einiger Zeit hatte König Michael seine Schlösser in Rumänien zurückerhalten und damit indirekt auf den Thron verzichtet. Ihm das zu verzeihen, fiel Karline als überzeugter Monarchistin schwer.

Bekam sie Besuch, übergab sie mehr oder weniger sinnvolle Einkaufslisten: Akazienhonig, Waschsoda, portionierte Kaffeesahne. Trotz ihrem ausgeprägten Sinn für Stil hatte Karline in Deutschland nur bei Norma eingekauft. Gab es etwas nicht, war etwa der Honig ausverkauft, wurde gewartet, bis »die Norma« ihn wieder hatte. Karline war ebenso wenig davon abzubringen gewesen wie von Scheiblettenkäse. Käse von der Theke aß sie zwar gern, er war ihr aber zu teuer. Von bestimmten Dingen ließ sie sich nicht überzeugen, etwa, dass

Schwarzkopf-Shampoo nicht nur von dunkelhaarigen Menschen verwendet wurden durfte und sie von Tiefkühlkost nicht sterben würde.

Bei einem der letzten Telefonate hatte sie behauptet, ein Räuber liege unter ihrem Bett. Sie waren ins Altersheim gefahren, wo sie auf eine gefasste Karline trafen, angekleidet wie zu hohem Besuch. Stana richtete das mitgebrachte Essen an, und Karline aß schweigend, mit einer Stoffserviette auf dem Schoß, darauf bedacht, nicht zu kleckern oder die Ellenbogen auf den Tisch abzustützen. Ihrer Überzeugung nach war der Charakter eines Menschen an seinen Tischmanieren zu erkennen, was für Liv und ihren Bruder einem vernichtenden Urteil gleichkam.

Samuel fragte, ob der Räuber fort sei.

»Siehst du denn nicht, er liegt schon die ganze Zeit unterm Bett und schaut uns zu«, antwortete Karline. Sie sagte das ohne Angst, wie man eine Feststellung macht, sachlich, ein wenig verwundert, dass der andere nicht fähig war, das Offensichtliche zu erkennen.

Livs Eltern gingen hinaus, um mit jemandem vom Pflegepersonal zu sprechen. Liv unterhielt sich mit ihrer Urgroßmutter, wobei es eher darum ging zuzuhören, wohin ihre Gedanken sie führten.

Irgendwann fragte Karline, warum Jariks Hosen zerrissen seien.

Jarik sah an sich herunter und sagte, das sei jetzt so modern.

»Einer zieht hier zerrissene Hosen an und dann ziehen alle zerrissene Hosen an, könnt ihr mir das erklären?«

Karline bekam Medikamente, die sie in einen Dämmerzustand versetzten, durchbrochen von Stunden der Rebellion, in denen sie Hannes sehen wollte, ihn, nur ihn, keinen anderen ihrer Söhne, die alle Verräter waren, sie hierher abgeschoben hatten. Kamen ihre beiden Schwestern zu Besuch, fragte sie, warum Emma fehlte. Dann gab es wieder Zeiten jener Ruhe und Gelassenheit, die sie auszeichneten, diese Versunkenheit, die nichts und niemanden brauchte.

Karline hatte schon immer die Gabe gehabt, sich fortzustehlen, ohne dass jemand wusste, wohin sie ging.

Zur Beerdigung reisten Florentine und Hannes an. Malva kam ohne Konstanty – was wie eine Neuigkeit gehandelt wurde (euer Großvater kann leider nicht mitkommen), aber, wie alle wussten, eine Abmachung zwischen Stana und ihm war.

Eine Fremdheit umgab Livs Großeltern. Kaum wahrnehmbar, wenn sie mit Hannes auf dem Teppich lag und Beatles hörte – für Hannes war das »White Album«, für Liv »Rubber Soul« die beste Platte –, wenn Liv mit Florentine auf der Loggia heimlich rauchte oder mit Malva Fernsehen schaute. Aber auf der Straße, in Geschäften, in der Gegenwart von Freunden zeigte sich eine Steifheit, fast Verlegenheit, die sie von anderen abrückte. Dazu ihre Kleidung, Strickwesten und Kopftücher, ihre Sprache, immer leicht abweichend vom Hochdeutschen. Das Jackett hieß Rock, der Kühlschrank Eiskasten, der Backofen Rohr. Florentine sagte: »Ich sprich« statt »ich spreche« oder: »Der Samuel sind gekommen«, was sie alle einschloss. Malva konnte als Einzige kein Deutsch, Hannes kein Slowakisch, so dass sich die Erwachsenen auf Rumänisch unterhielten, was wiederum Liv und Jarik nicht verstanden, und sich so in den Tagen ihres Besuchs drei Sprachen abwechselten.

Im Banat gab es diese Fremdheit nicht, und Liv dachte, dass es vielleicht für jeden einen Platz gab, an den er gehörte. Manche Menschen mussten fortgehen, um diesen Ort zu finden, andere wiederum würden ihn nie finden, wenn sie fortgingen.

»Ein Schäfer bleibt bei seiner Herde«, sagte Hannes, auch wenn inzwischen fast alle Deutschen aus dem Dorf ausgewandert waren. Florentine konnte sich nicht vorstellen, ihren Garten zurückzulassen, und für Konstanty hatte der Westen keine Verführungskraft. Warum Malva nicht fortging, auch auf das Drängen ihrer Tochter nicht, die ihr immer wieder anbot, bei ihnen leben zu können, wusste niemand. Nur Karline und Johann waren ein Jahr nach der Revolution ausgewandert. Sie zogen in die Nähe ihrer Söhne Hermann und Günter, in den Südwesten Deutschlands. Und weil Stana studieren wollte und Samuel den Anblick des Meers nicht mehr ertrug, fasste die Familie den Entschluss zusammenzubleiben.

Livs Patenonkel reiste von der Nordsee an und brachte Lorenzo mit.

Bene bemühte sich, sachlich zu wirken. Hielt Abstand, löste seinen Blick, seine Hände immer wieder von seinem Freund, und in dieser auferlegten Zurückhaltung erkannte Liv die Größe seiner Zuneigung. Eine Zauberin sammelt alle Informationen, die sie bekommen kann. Liv begann damit, sich in Gedanken Notizen zu machen. Wie bewegte er sich, wovon sprach er, wofür interessierte er sich? Sie mochte Lorenzo. Jemand, der es wagte, eine Großfamilie bei einer Beerdigung kennenzulernen, musste Schneid haben.

Als sie die Kapelle betraten, in der Karline aufgebahrt war, bemerkte Liv es gleich. Sie sagte es Florentine, die den Abstand der Kerzen zum Blumenschmuck prüfte, dann bemerkten es alle.

Hannes ging die Leute vom Bestattungsinstitut an, fragte, ob sie den Verstand verloren hatten, woher die Kleider seiner Mutter stammten. Seine Brüder mussten ihn zurückhalten, ihr die Bluse nicht vor allen Trauergästen auszuziehen. Karline hasste Knöpfe. Und nun lag sie da, in einem Rock und einer Bluse mit perlmuttglänzender, durchgehender Knopfleiste. Sie wurde umgezogen – man hatte ihre Kleidung mit der einer anderen Toten verwechselt.

Beim Tränenbrot saß Liv neben Malva. Ihre Großmutter hatte graue, lockige Haare, die sich widerspenstig aus dem Knoten am Hinterkopf lösten. Sie legte ihre Hände auf den Tisch, ausgestreckt, ergeben, als würde sie sagen wollen: Nimm sie und mach damit, was du willst. Der Anblick der dargebotenen Hände beunruhigte Liv. Sie griff danach, Malva erwiderte den Druck, verzögert, ohne Entschlusskraft.

Bene erzählte, wie er Karline kennengelernt hatte. Er habe Samuel im Sommer nach der Wende erneut nach Rumänien begleitet, dieses Mal mit dem Flugzeug direkt nach Hermannstadt.

»Line hat uns das Tor aufgemacht und gesagt, wir kämen gerade recht. Dabei kamen wir eine Woche zu früh, weil Samuel ihr, wie sich herausstellte, ein falsches Ankunftsdatum mitgeteilt hatte.«

»Es wäre besser, wenn sich die Schönheit auf mehrere Männer verteilen würde, hat sie bei deinem Anblick gesagt«, meinte Samuel.

Bene erkundigte sich nach dem Bild des Königs und versuchte davon abzulenken, dass er rot geworden war.

»Welcher König?«, fragte Lorenzo.

Samuel bot an, dass Bene das Bild haben könne, und obwohl Benes Freude offensichtlich war, zögerte er, das Geschenk anzunehmen.

»Bei dir ist es gut aufgehoben«, bekräftigte Samuel.

Die beiden sahen einander an. Lorenzo, dessen Frage unbeantwortet blieb, wandte sich aufmerksam dem Dessert zu.

Karline war fort, dachte Liv, und mit ihr so viele Geschichten. Ihre Eltern waren das Gedächtnis ihrer Großeltern, ihre Großeltern waren das Gedächtnis ihrer Urgroßeltern. So konnte es funktionieren.

Samuel hatte den Arm auf Stanas Stuhllehne abgelegt. Livs Mutter lehnte sich zurück, er nahm diese Bewegung auf. Liv kam es vor, als würde er immer auf sie warten, ihr entgegenkommen, auf halber Strecke schon da sein.

In der Schmuckschatulle ihrer Mutter lag im untersten Fach ein Zettel. Eine zerfledderte, abgegriffene Notiz in der Handschrift ihres Vaters. Die Buchstaben waren so sorgfältig zu Papier gebracht, als hätte er jeden einzelnen überreden müssen zu erscheinen.

Verzeih mir. Warte nicht auf mich. Ich bin nie fort von Dir. S.

Von allen denkbaren Abschiedsworten hatten diese ihrer Mutter reichen müssen. Sie waren kein Versprechen, machten keine Hoffnungen, sprachen nicht von der Zukunft, beschworen nichts, erklärten nicht einmal irgendetwas. Als sie ein Kind war, hatte Stana ihr erzählt, ihr Vater sei wegen eines Drachens geflohen. Sie hatte diese Erklärung nie infrage gestellt. Dennoch, dachte Liv, hätte er bleiben können.

Liv sah durchs Fenster, wie Jarik mit seiner Schuhspitze Linien in den Kies zog, wie Hannes die Bedienung nach einem Ball fragte und ihm nach draußen folgte, während Florentine

Malvas Frisur erneuerte. Sie sah, wie Bene so tat, als richtete er das Tischtuch, aber eigentlich Lorenzo beobachtete, der sich mit Auguste und Marie unterhielt. Sie hörte, wie ihre Mutter ihrem Vater etwas zuflüsterte, und fragte sich, was sie eigentlich von diesen Menschen wusste. Und wenn sie nichts wusste, dann wussten auch die anderen nichts, und statt einer langen Reihe an Erinnerungen gab es nur ein fortgesetztes Verschwinden, Vergessen, bis von früheren Ereignissen allein Gemeinplätze übrig waren, kein echtes Wissen, nur überlieferte Deutungen; ein ganzes Leben mit all seinen Widersprüchlichkeiten konnte zusammengefasst werden in wenigen Sätzen.

Das, was verschwunden war, musste wieder auftauchen. Und wer, außer einer Zauberin, konnte dafür sorgen, dass die Dinge nicht verloren gingen?

Anna hatte beschlossen, Liv müsse dringend aus dem Haus. Sie könne nicht das ganze Wochenende zu Hause bleiben und an die Decke starren. Jemand habe Karten für ein Konzert in München. Liv wollte eigentlich nichts lieber, als auf dem Bett liegen und so lange an die Decke starren, bis die Gedanken sich auflösten und selbst die Zeit unzählbar klein wurde. Dennoch willigte sie ein.

Liv saß neben Anna auf dem Rücksitz. Am Steuer Marko, auf dem Beifahrersitz Tim. Es sollte noch jemand dazukommen.

Das wird eng, dachte Liv.

Die Tür ging auf, und obwohl zunächst nicht viel zu sehen war, erkannte sie an der Stimme, wer es war, noch bevor er sich zu ihr beugte und sie bat zu rutschen.

Es war der Junge aus dem Bistro – Noah.

Namen konnte Liv sich auf Anhieb nicht merken. Die meisten fielen durch sie hindurch, wenige hakten sich fest, und nichts war peinlicher als namentlich angesprochen zu werden, wenn der andere aber namenlos blieb und sie improvisieren musste, um nicht aufzufliegen. Oft waren Name und Person nicht miteinander verbunden, und sie dachte, dass die Schuld nicht bei ihr lag, sondern bei demjenigen, der es nicht zustande gebracht hatte, sich mit seinem Namen zu verbinden. Erst später, als sie die Stadt schon hinter sich gelassen hatten, wurde Liv bewusst, dass sie vergessen hatte, sich vorzustellen.

»Fahr langsam«, rief Tim, nachdem ihm in einer Kurve fast Zigarettenpapier, Tabak und Gras von der Bedienungsanleitung gerutscht waren. Auf der Autobahn drehte er die Musik lauter und zündete den Joint an. Es lief Massive Attack. Markos VW hatte nur vorne Boxen, aber es war egal. Sie kannten die Platte auswendig. Marko gehörte zu denen, die redeten und vergaßen weiterzugeben. Anna tippte ihm auf die Schulter. Liv ließ sich Zeit, nahm zwei Züge, reichte weiter. Noah – Liv mochte den Klang der Vokale in der Mitte – lehnte ab. Sie hatte die ersten Kilometer versucht, ihm nicht zu nah zu kommen, irgendwann ließ sie es bleiben und akzeptierte, dass ihre gesamte rechte Körperseite an seine linke Seite rührte.

Es begann zu schneien. Die Fahrbahnmarkierungen schoben sich unters Auto wie auf einem Fließband. Liv starrte geradeaus. Noah kurbelte die Scheibe herunter. Es wurde kalt. Er kurbelte die Scheibe wieder herauf, warf ihr einen Blick zu, und Liv nahm seine Ruhe wahr wie etwas, das aus weiter Ferne zu ihr kam.

Als sie in München die Konzerthalle gefunden hatten,

wunderten sie sich über den leeren Parkplatz. Dann entdeckten sie die Plakate: Konzert wegen Krankheit verschoben.

Kurz redeten alle durcheinander, dann war es still.

»Was machen wir, wenn wir schon mal hier sind?«, fragte Anna.

Sie konnten sich nicht einigen, und die Diskussion endete damit, dass sie beschlossen zurückzufahren. Noah wartete, bis alle im Auto waren, dann setzte er sich wieder neben Liv.

Auf der A8 war wenig los. Der Schneefall war stärker geworden.

Marko fuhr konstant auf der rechten Spur. Schneeflocken, dick und wässrig, flogen auf die Scheibe zu. Die Scheibenwischer schienen aus dem Takt zu geraten, die Musik war jetzt leise. Sie starrten auf das Schneegestöber, die Fahrbahnmarkierungen waren kaum zu erkennen. Alle waren langsam unterwegs. Man sah in die Wagen der anderen wie in vorbeigleitende Boote. Marko rutschte auf dem Sitz nach vorn. Er war der Einzige mit Führerschein, niemand konnte ihn ablösen. Irgendwann setzte er den Blinker und fuhr an einer Tankstelle ab. Obwohl er den VW langsam ausrollen ließ, gerieten sie ins Schlingern. Sie rutschten auf einige Mülltonnen zu, touchierten sie leicht, kamen zum Stillstand. Die ganze Rutschpartie hatte sich wie ein Stummfilm abgespielt. Nicht einmal Anna war in Panik geraten, die sonst ziemlich laut sein konnte.

Marko sagte, er könne nicht weiterfahren.

»Aber hier bleiben können wir auch nicht«, stellte Tim fest.

Es wurde kalt, sobald der Motor aus war.

»Lasst uns reingehen«, schlug Noah vor.

Eine hell erleuchtete Tankstelle, ringsum verschneite Bäume. Die kühle Empfindung der Flocken auf der Haut – Liv blieb stehen und hob das Gesicht. Sie nahm den Schnee wahr, der auf Straßen, Bäume, Autos, Menschen fiel, die Helligkeit und die Dunkelheit dahinter. Nichts, dachte sie, war schöner und zugleich bedrohlicher.

»Komm!«, rief Anna.

In der Tankstelle war wenig los. Der Mann hinter dem Tresen sah sie prüfend an. Sie schlenderten durch die Regalreihen, kauften Chips, Schokolade, etwas zu trinken. Noah, der sich abseits gehalten hatte, winkte sie heran. Er hatte einen Babywickelraum entdeckt. Tim zeigte ihm einen Vogel, ging jedoch mit, als er sah, dass alle Noah folgten.

Der Raum war neben einem Wickeltisch auch mit einer Toilette und Dusche ausgestattet, aber das Wichtigste war die Heizung. Marko ließ sich mit dem Rücken daran sinken und schloss die Augen. Tim setzte sich in die Dusche und öffnete eine Tüte Chips. Anna kletterte auf den Wickeltisch, rollte sich darauf zusammen, was niemand anderer vermocht hätte. Die Stille rückte sie voneinander ab. Liv sah das japanische Schriftzeichen an Noahs Nacken aufblitzen, als er die Tür schloss, stand eine Weile unschlüssig im Raum und setzte sich dann neben ihn. Ihn ab und zu mit dem Blick streifen, die Augen schließen, die Beine ausstrecken, merken, wie auch Noah die Beine ausstreckt, sein Arm herabsinkt, seine Finger ihre Finger berühren. Nichts davon war zufällig und doch unvermeidlich. Livs Kopf rutschte nachts an Noahs Schulter, er hielt ihre Hand umschlossen.

Beim Aufwachen blieb keine Zeit, sich über Köpfe und Hände, die zueinander strebten, Gedanken zu machen. Sie schreckten von Tims Schreien auf. Marko hatte die Dusche über ihm angestellt und wusste sich vor Lachen nicht zu fassen. Anna fuhr ihn an, dann half sie Tim, seine Klamotten unter dem Händetrockner zu föhnen.

Liv und Noah besorgten Kaffee.

Die Frau an der Kasse sah erstaunt zu, wie sie aus dem Gang zu den Toiletten auftauchten, stellte aber keine Fragen.

»Ich habe gehört, du kannst zaubern«, sagte Noah.

Liv forderte ihn auf nachzusehen, was sich in seiner Brusttasche befand.

Noahs Hand ging langsam zur Brust, ohne sie dabei aus den Augen zu lassen. Er zog einen Papiervogel aus seiner Jacke. Schwingen, Schwanzfedern, Kopf, alles aus seiner Konzertkarte gefaltet.

»Woher weißt du, dass ich Origami mag?«

Er drehte den Vogel in den Händen.

Liv wandte sich dem Kaffeeautomaten zu, verbarg ihr Lächeln.

Sie tranken Kaffee aus Plastikbechern und fuhren auf geräumten Straßen wieder zurück. Bald war klar – dies war eine Geschichte, die oft erzählt werden würde.

Für Anfänge musste man sich entscheiden, Enden kamen von allein, wenn man sich nicht entschieden hatte.

Mit Noah gab es einen Anfang. Einen Anfang mit Spaziergängen und Gesprächen, mit Nähe, die langsam anwuchs. Sie stöberten durch Secondhand-Läden und Antiquariate, probierten Hüte in einem Hutgeschäft, bewunderten hochpreisige Zigarren in einem Tabakladen, setzten sich in Cafés und beobachteten Gäste an anderen Tischen. Ein Obdachloser bettelte, unter den Arkaden drängten sich Passanten, ein Hund entwischte seiner Besitzerin, und Liv hatte den Wunsch zu wissen, was das zwischen Noah und ihr war.

Noah half oft im Bistro seiner Eltern. Manchmal ging Liv etwas essen, ohne hungrig zu sein. Sie wollte zusehen, wie er ihren Teller füllte, eine Hand hinter dem Rücken, eine Hand ausgestreckt, immer darauf bedacht, Liv bei der Übergabe beiläufig zu berühren. Seine Mutter, die abkassierte, war freundlich zu ihr, aber ohne übermäßiges Interesse. Du bist hier nicht die Erste, dachte Liv und stellte überrascht einen Widerwillen gegen diese Einsicht fest.

Am Wochenende holte er sie von der Arbeit ab. Er wartete, bis der letzte Mantel abgeholt, die Einnahmen gezählt waren. Malu stellte Noah so viele Fragen, dass es Liv unangenehm wurde.

»Da musst du durch, da muss er durch«, sagte sie.

Und Liv wünschte sich, dass Noah vor Malu bestand.

In der Straßenbahn spielten sie ein Spiel. Jeder sollte einen Gedanken verraten, der noch nie ausgesprochen worden war. Liv gab zu, Mitleid für die kleinen Parzellen zu empfinden, die zwischen den Gleisen eingesperrt waren. Sie hätten keinen Zweck, wurden von niemandem beachtet, seien irgendwie übrig.

»Ich stelle mir manchmal vor, wie es wäre, ein anderer zu sein«, sagte Noah, »jemand, der zur Tür hereinkommt und mich sieht.«

Liv erzählte von einem Mann, der auf offenem Meer an einem Seil hinausgeschwommen war, um sein Schiff von außen zu sehen, als es mit vollen Segeln fuhr. Erst später sei ihm bewusst geworden, in welche Gefahr er sich gebracht hatte. Aber es war ihm unerträglich, sein Schiff nicht vollständig sehen zu können. Die Erfahrung, auf dem Schiff zu sein, habe nicht gereicht.

»Genau das wünsche ich mir. Mich von außen sehen zu können, ich meine, wirklich sehen«, antwortete Noah.

»Das kannst du doch«, meinte Liv.

Und dachte: Weißt du es denn nicht?

»Durch die Menschen um dich herum. Sie alle sehen dich, jeder auf seine Weise. Du bist nicht der Mann, der zur Tür hereinkommt, aber du bist derjenige, der hier sitzt und den Mann sieht, der zur Tür hereinkommt. Ergibt das Sinn?«, schob sie nach, weil er nichts sagte.

»Ja«, sagte Noah und küsste sie.

Den Wunsch nach Unterscheidung gab es nur in der Sprache, dachte Liv, als sie an einem Abend auf dem Bett lagen und Musik hörten. In der Erfahrung ging eins ins andere über. Immerzu.

Sie trug einen von Noahs Pullovern. Im Zimmer war es dunkel. Fuhr ein Auto vorbei, verwandelte sich alles, worauf die Scheinwerfer fielen, in Schatten: Bäume, Laternen, Strommasten. Sie reichten durchs Fenster, wanderten übers Bett, Noahs Gesicht. Liv wünschte, nicht alles wäre Täuschung, so flüchtig, taumelnd, vergänglich schön, wünschte, es gäbe etwas Verlässliches, Bleibendes.

Mit einem Mal sah Liv vor sich, wie Florentine Wäsche zusammenlegte. Sie faltete die Kleidung, strich sie mit den Handflächen glatt, legte Kante auf Kante, und in dieser Geste war alles enthalten, Wertschätzung für das, was den Körper verhüllte, und der Wunsch, der Stoff zu sein, der die Haut derer berührte, die man liebte. Liv sah vor sich, wie ihre Mutter in der Marosch schwamm, sich treiben ließ, im Blätterschatten der Weiden lag. Sie hatte Liv und Jarik gehalten, mit dem Blick zum Wasser, mit dem Blick zum Himmel, bis sie den Mut hatten, sich der Strömung zu überlassen.

Noah begann, ihren Hals und ihre Schultern zu streicheln. Er rieb seine Handflächen, bis sie warm waren, und bedeckte ihre Ohren. Ein Rauschen hob an. Dann legte er seine Hände auf ihre Augen. Ein Sinn nach dem anderen verschwand, kam wieder zurück. Er strich ihr übers Haar, ein Prickeln wanderte, von der Kopfhaut ausgehend, über den Körper, und als das Lied zu Ende war, drückte Liv auf repeat.

Die Platanen im Schlossgarten waren kahl. Der Schnee war geschmolzen. Ein sachter Wind ging die Wege ab.

Florentine hatte erzählt, dass Samuel sich als Kind vorgestellt habe, der Wind trage Worte mit sich. Worte anderer Sprachen, Worte, die er oft gehört hatte, und andere, deren Sinn sich nur langsam offenbarte – und er fühlte sich nicht aufgefordert, musste nicht antworten, es war keine Antwort verlangt. Irgendwo wurde auf sie gewartet, woanders waren sie zu viel. Es gab kein Gleichgewicht, immer ein Zuviel und ein Zuwenig.

Stana arbeitete an einem großen Auftrag und kam in diesen Tagen erst nach Hause, wenn alle schon im Bett waren. Früher hatten sie Livs Mutter oft von der Arbeit abgeholt. Samuel zog sich dafür um, und auch Liv und Jarik mussten saubere Kleidung anziehen, Maßstäbe, die Karline gesetzt und bis heute niemand infrage gestellt hatte. Es gab Espresso und Eis beim Italiener, manchmal musste Stana danach wieder zurück ins Büro, und Livs Vater hatte über die Zeit sein Repertoire an Pfannkuchen-Variationen erweitert.

Samuel hatte gefragt, ob Liv mitkommen wolle. Die winzige Pause, die zwischen seiner Frage und ihrer Antwort lag, offenbarte, dass dieses Ritual vielleicht nicht mehr lange Bestand haben würde.

Sie blieben beim Café am See stehen. Das Wasser war dunkel, nur am Ufer eine Spur von Grün. Liv erinnerte sich an die Begebenheit am See und wusste, auch ihr Vater dachte daran. Ihre Sorglosigkeit, das rasche Sinken, alles war ihr gegenwärtig, weil sie auch heute oft nicht wusste, ob Boden, ob Wasser.

»Wünschst du dir etwas fürs neue Jahr?«, fragte Samuel.

Liv wiegte den Kopf.

Ein Zauberer war ein ehrlicher Lügner.

Es sah aus, als würde er sich zufriedengeben, weitergehen; sie würden sich beide in der Stille einrichten, weil die Stille etwas war, in der sie sich auskannten, einander wiederfanden.

»Vor meiner Flucht«, sagte Samuel, dessen Augen die Farbe des Wassers angenommen hatten, »wollte ich deiner Mutter einen Brief schreiben. Drei Sätze habe ich zustande gebracht, mehr nicht. Ich habe Hunderte geschrieben, übrig blieben drei. Ihr werden sie nicht geholfen haben. Ebenso wenig wie mir. Man kann die Liebe überschätzen, ihr zu viel zumuten. Zuallererst ihr. Wir hätten einander verlieren können. Durch Freiheit, Gewöhnung, Zufall, Zeit. – Wenn du dir also etwas wünschst, sag es. Verlass dich nicht darauf, dass es zu dir kommt, oder bei dir bleibt.«

Liv strich sich die Haare hinters Ohr, dann strich sie die Fransen des Schals glatt, entwirrte die Kordeln ihrer Jacke. Wäre ihr noch etwas eingefallen, das zu ordnen war, hätte sie es getan. Noch nie hatte ihr Vater über den Brief gesprochen, ihr seine Zweifel anvertraut.

Stana kam über den Kiesweg auf sie zu. Sie ging schnell, aber nicht hastig, wich den Pfützen aus.

Samuel sah Stana entgegen. Liv aber sah ihren Vater an.

Das Publikum wird dort hinsehen, wo der Zauberer hinsieht.

Der Blick des Zauberers ist der Blick des Publikums.

Dank

Für Auskünfte, Hinweise und Erstlektüre danke ich Renate, Ralf und Helmut Wolff, Andreas Thies, Julia Knapp, Katja Leuchtenberger, Rico Müller-Schmitt, Uschi und Harro Stefanovici, Günter Wolff, Katharine Leiska, André Gerke, Toni Nachbar, sowie meiner Agentin Caterina Kirsten und meiner Lektorin Corinna Kroker.